화양연화
1 4 3 4

화양연화
1434

정연덕 지음

그녀의 헌신 덕분에 고흐의 작품들은 세상에 빛을 발할 수 있었고,
그것은 그녀의 열정이 영원히 기억될 것임을 알리는 순간이었다.

"헬레네의 삶은 고흐의 그림들과 함께 영원히 빛날 것이었다."

바른북스

목차

화양연화(花樣年華) 1434

01 | 프롤로그   12
02 | 고려 말 혼란기   14
03 | 종진의 능력   17
04 | 최영과 이성계의 다툼   19
05 | 위화도 회군 사건과 왕씨들의 몰락   21
06 | 선죽교 사건   23
07 | 정몽주 부인의 결단   24

08	장성발과 헤어짐	27
09	종진의 험난한 여정	30
10	영실의 승진	33
11	영실 등의 북두칠성	35
12	관아에서 일하게 된 영실	36
13	세종과 만남	38
14	장영실의 순시와 결혼	41
15	세종과의 브로맨스의 시작	44
16	세종의 병환	45
17	화양연화, 해시계와 물시계의 발명	47
18	장성발과 장영실의 만남	50
19	정몽주 형제들과 만남	52
20	장영실의 갈등	55
21	복수의 결심	57
22	장영실의 도망갈 결심	58
23	장영실과 세종의 대화	60
24	가마 사고	61
25	장영실을 사형시키라는 상소문	62
26	장영실과 세종의 자리 바꾸기	63
27	장영실의 곤장 형벌	66
28	장영실과 세종의 신분 세탁	67
29	재회의 순간	70
30	정씨 집안의 복권	71
31	에필로그	72

신수전(神獸傳)

01 | 프롤로그　　　　　　　　　　　　　　　　76
02 | 고구려 수호신의 탄생　　　　　　　　　　77
03 | 주인의 죽음에 충격을 받은 신수　　　　　 80
04 | 고려 시대 현무와 백로　　　　　　　　　　82
05 | 조선 시대 현무와 백로　　　　　　　　　　86
06 | 두 신수의 마지막 임무　　　　　　　　　　89
07 | 에필로그　　　　　　　　　　　　　　　　91

Zoo Zürich

01 | 스위스 취리히 동물원　　　　　　　　　　　　　　94
02 | 스위스 La Réserve Eden au Lac Zurich
　　　(라 리저브 에덴 아우 라크 취리히 호텔) 그랜드볼룸　95
03 | 남부 독일, 소박한 산장　　　　　　　　　　　　　100
04 | 1970년대 서울　　　　　　　　　　　　　　　　　101
05 | 1980년대 초, 서울시에 있는 한국대학교 법대　　　103
06 | 1980년대 초,
　　　서울 마포구 난지도 쓰레기 매립장 옆 양지 고아원　106

07 | 1980년대 초, 김포공항, 서울-파리행 KAL 보잉 747 비행기   111
08 | 1980년대 초,
     독일 남쪽 국경과 가까운 곳에 있는 귄터의 집   112
09 | 취리히 동물원   114
10 | 독일 초등학교   116
11 | 독일 중학교   118
12 | 취리히 동물원   120
13 | 콩쿠르 대회   122
14 | 아버지의 죽음   124
15 | 교수가 된 클라우스   126
16 | 한국으로 초대   131
17 | 호랑이 사망 사건   133
18 | 클라우스 연구실   135
19 | 한국 방문   136
20 | 한국대학교   138
21 | 클라우스 연구실   140
22 | 서울대공원   143
23 | 환영 만찬   148
24 | 클라우스의 혈액암   151
25 | 판소리 배우기   154
26 | 조혈모세포 은행   156
27 | 가야금 배우기   157
28 | 강아지 공장 뉴스   159
29 | 인터뷰   161

30 | 판소리 연습 · 162
31 | 궁금증 · 165
32 | 찬미와 진영 · 168
33 | 판소리 수업 · 171
34 | 가야금 수업 · 174
35 | 조혈모세포 은행에서 연락 · 176
36 | 찬미의 미소 · 177
37 | 콘서트 준비 · 179
38 | 통화 · 181
39 | 클라우스의 고뇌 · 182
40 | 인터넷 제보 · 184
41 | HLA 일치 · 187
42 | 안락사 결정 · 188
43 | 음악회 · 189
44 | 클라우스의 병이 알려짐 · 191
45 | 티켓팅 · 193
46 | 공연 당일 · 195
47 | 공연 클라이맥스 · 197
48 | 괴한 · 199
49 | 조사 · 200
50 | 회복 · 200
51 | 대선 · 203
52 | 에필로그 · 203

고흐의 숨겨진 연인 (라 무스메: La Mousmé)

01 | 에필로그 208
02 | 1868년 고흐의 학교 자퇴 210
03 | 1869년 고흐의 런던 시절 211
04 | 1885년 빈센트의 '감자를 먹는 사람들' 213
05 | 1888년 고흐와 라 무스메 217
06 | 1890년 고흐의 죽음 220
07 | 헬레네의 어린 시절 222
08 | 헬레네와 고흐 223
09 | 헬레네와 '라 무스메' 224
10 | 헬레네와 샘과의 사랑 229
11 | 헬레네의 사랑 231
12 | 1914년 1차 세계 대전 233
13 | 1921년 미술관 건립계획 233
14 | 미술관 건립의 어려움 236
15 | 미술관의 건립 237
16 | 에필로그 240

저자 소개

화양연화 花樣年華
1434

1. 프롤로그

경기도 용인의 한 아파트 신축공사 현장에서 평범한 도시의 일상 속에 숨어 있는 비밀이 드러났다. 공사 인부들이 포클레인으로 땅을 파 내려가던 중, 단단한 물건이 나타났다. 회벽으로 둘러싸인 조선 시대 무덤이었다. 회벽으로 무덤을 만들면 도굴 방지에도 유용하고 외부와의 공기 접촉을 막아 무덤 원형이 그대로 보존된다. 회벽 안의 나무 목관의 유물을 분석하니 무덤의 주인은 의령 옥(玉)씨라는 여인이었다. 시신은 놀랍게도 온전히 미라로 남아 있었다. 미라는 오랜 세월을 견뎌낸 듯 보였다. 조선 시대 복식을 그대로 간직하고 누워 있었다. 그녀의 품 안에 고스란히 남아 있는 서책은 더욱 놀라운 발견이었다. 책의 제목은 『앙부일구(仰釜日晷)』였다.

무덤 발굴 책임자인 동국대학교 불교미술학과 임대운 교수는 이 발견이 단순한 고고학적 유물 이상의 가치를 지니고 있음을 직감했다. 임 교수는 서책의 내용이 역사적으로 중요한 의미가 있음을 알았다. 임 교수는 이 서책을 무덤 주인의 후손에게 전달하기로 했다. 조상의 유물은 후손에게 돌아가야 한다는 것이 임 교수의 신념이었다. 주인의 후손인 연일(延日)[1] 정(鄭)씨에게 보내기로 했다.

연일 정씨 지주사공파 32대손 정민교는 서책을 펼쳐 조심스럽게 책장을 넘기며, 그의 조상이 남긴 글을 읽기 시작했다. 서책은 예전의 언문이라 불리는 훈민정음으로 만들어진 책이다. 의령 옥씨의 남편이 남긴 것으로, 고려와 조선 시대의 다양한 역사적 사건과 개인적인 이야기를 담고 있었다. 그중에는 당시의 정치적 음모와 권력 투쟁, 그리고 사회적 변화에 대한 기록이 상세히 적혀 있었다. 이 서책을 통해 정민교는 의령 옥씨의 남편이 단순한 인물이 아님을 알게 되었다. 그는 조선 시대의 중요한 관료였으며, 여러 가지 중대한 사건에 깊이 관여했던 인물이었다. 서책 속에는 당시의 왕과 신하들 사이의 복잡한 관계, 그리고 그

---

[1] 연일 정씨는 영일 정씨, 오천 정씨, 포항 정씨로도 표현하고, 전부 같은 가문이다. 포항시의 옛 이름이 연일, 오천, 영일이라 지명 변천에 따라 집안마다 달리 부를 뿐이다.

로 인한 정치적 변화가 생생하게 기록되어 있었다. 단순한 가문의 역사가 아닌, 중요한 역사적 자료임을 깨달았다. 그는 이 책의 내용을 세상에 알리기로 했다. 오래된 한자와 언문을 해독하며, 서책 속에 담긴 역사적 진실을 하나하나 밝혀나갔다. 그들의 사랑과 희생, 그리고 그들의 유산은 그에게 큰 영감을 주었다.

번역이 끝난 후, 정민교는 이 책을 출판하기로 했다. 그는 이 책이 단순한 고문서가 아닌, 조선 시대의 생생한 역사를 담고 있는 살아 있는 증거임을 알리고 싶었다. 이 책은 단순히 한 가문의 이야기를 넘어, 조선 시대의 중요한 역사적 사실을 밝혀내는 데 크게 이바지할 수 있을 것이다.

2. 고려 말 혼란기

고려 말기 한가로운 가을밤, 정몽주(鄭夢周, 1337~1392년)의 집에서 잔치가 열렸다. 집 내부는 옥으로 만든 장식품과 고려청자들이 장식되어 있었다. 중국에서 수입한 비단 옷차림의 문관들이 가득 차 있었다. 밝은 등불 아래, 문학을 사랑하는 사람들이 모여 음악과 시를 즐기며 대화를 이어갔다. 화려한 등불로 밝게 빛나고, 술잔을 기울이는 소리와 웃음소리가 가득했다. 잔치가 한창 무르익어 갈 때, 문밖에서 급하게 달려온 하인이 정몽주에게 속삭였다.

"대감, 아드님이 태어나셨습니다. 등 뒤에 북두칠성 모양의 점이 있습니다."

정몽주는 순간 놀라면서도 마음속 깊은 곳에서 기쁨이 터져 나왔다. 그는 자신도 태어날 때 등 뒤에 북두칠성 모양의 점이 있었음을 떠올렸다. 이 점은 그에게 특별한 의미를 지니고 있었다. 그는 자신의 운명이 아들에게도 이어진다는 느낌에 휩싸였다. 잔치에 모인 사람들은 정몽주의 기쁜 표정을 보며, 자연스레 그에게 다가와 물었다. 정몽주는 아들의 탄생 소식을 전하며, 북두칠성 모양의 점에 관한 이야기를 나눴다. 사람들은 그 이야기를 들으며 더욱 축하의 말을 전했다.

"대감, 하늘이 준 축복입니다. 아드님도 대감처럼 훌륭한 인물이 될 것입니다."

"정말 경사로군요. 대감께서 이루신 업적을 아드님께서 이어받으실 겁니다."

정몽주는 술잔을 들고, 모여 있는 사람들에게 감사의 인사를 전했다. 그는 기쁨과 함께 책임감도 느꼈다. 아들에게 자신의 가르침을 전하고, 올바른 길을 걸을 수 있도록 해야겠다는 결심을 다졌다. 잔치는 더욱 흥겨워졌고, 축하의 노래가 울려 퍼졌다. 정몽주는 마음속 깊이 새로운 생명의 탄생에 대한 기쁨과 기대를 간직한 채, 아들에게 훌륭한 아버지가 되겠다는 다짐을 되새겼다.

1384년 정몽주와 부인 경주 이씨 사이에서 세 번째 아들, 정종진(鄭宗眞)이 태어났다. 정종진은 정몽주가 늘그막에 태어난 귀한 아들로 부모님의 사랑과 보살핌 속에 자랐다. 정몽주는 종진이 네 살이 되었을 때 한자를 가르치기 시작했다. 종진은 놀라울 정도로 빠르게 한자의 기초를 습득해 나갔다. 다섯 살이 되던 해, 종진은 사서오경을 배우기 시작했다. 그가 글을 읽고 해석하는 능력은 또래 아이들보다 훨씬 뛰어났다. 종진이 사서오경의 내용을 이해하고 암기해 나가는 모습에 주위 사람들은 감탄을 금치 못했다. 정몽주 문하의 제자인 학자들조차도 그의 재능을 칭송하며, 앞으로의 성장이 기대된다고 입을 모았다.

정몽주는 아들의 재능을 더욱 키우기 위해 외국어를 가르쳤다. 당시 고려는 주변 국가와 외교적 문제가 많은 시절이었다. 정몽주도 외교 사절로 중국과 일본에서 많은 교섭을 한 바가 있다.

중국에서 이주해 온 장 선생은 종진에게 중국어를 가르치기 시작했다. 처음에는 낯설었던 발음과 어휘였지만, 종진은 곧 익숙해졌다. 그는 중국 문학 작품을 읽고, 장 선생과 유창하게 대화할 수 있을 정도로 실력을 키웠다. 종진의 중국어 실력은 집안의 자랑거리가 되었다.

중국어 학습과 동시에 종진은 일본어도 배웠다. 일본에서 온 무역상 후지와라 선생이 그의 일본어 교사였다. 일본어는 중국어와 달리 새로운 문법 구조와 발음을 하고 있었지만, 종진은 끈기와 열정으로 이를 극복해 나갔다. 얼마 지나지 않아 그는 후지와라 선생과 자유롭게 일본어로 대화할 수 있게 되었다. 종진은 어린 시절부터 다양한 학문과 언어를 배워나가며, 자신의 재능을 꽃피워 나갔다. 종진의 부모님은 그가 공부하는 모습을 지켜보며 뿌듯함을 느꼈다. 그가 배운 지식을 바탕으로 훌륭한 관리가 되어 고려를 빛낼 것을 믿어 의심치 않았다.

3. 종진의 능력

저녁노을이 지는 풍경 속에 개경의 고택에서 정몽주는 그의 큰아들 정종성(鄭宗誠, 1374~1442년)과 둘째 아들 정종본(鄭宗本, 1377~1443년)과 함께 중요한 외교 문제에 대해 논의하고 있었다.

"아버지, 최근 들어 중국과의 관계가 더욱 복잡해지고 있습니다. 고려의 입지가 점점 더 좁아지는 것 같습니다." 정종성이 걱정스러운 표정으로 말했다.

"맞아요, 형님. 원나라와의 무역도 어려움을 겪고 있고, 외교적으로도 어려운 시기가 계속되고 있어요." 정종본이 동조했다.

"그래, 너희 말이 맞다. 중국과의 관계는 우리의 운명에 큰 영향을 미친다. 고려의 독립성을 지키면서도 중국과의 우호 관계를 유지하는 것은 매우 어려운 일이다." 정몽주는 깊은 한숨을 내쉬며 고개를 끄덕였다.

이때, 대화에 귀를 기울이던 정몽주의 막내아들, 정종진이 조심스럽게 입을 열었다. "아버지, 형님들, 제가 한 말씀 드려도 될까요?"

정몽주와 두 형은 놀라며 동생을 바라보았다.

"말해보아라, 종진아. 네 생각은 무엇이냐?" 정몽주가 물었다.

"저는 고려와 중국의 관계가 순망치한(脣亡齒寒)의 관계라고 생각합니다. 순망치한은 입술이 없으면 이가 시리다는 뜻이지요. 서로가 의존하며 살아가는 관계입니다. 주자와 공자의 학설에도 나와 있듯이, 우리는 서로를 이해하고 존중해야 합니다." 종진은 고개를 숙였다가 차분하게 말을 이어갔다. 종진은 어린 나이에도 불구하고 학문에 남다른 재능을 보였고, 주자와 공자의 학설을 깊이 공부하고 있었다.

"공자께서 '화이부동'을 강조하셨습니다.[2] 이는 화합을 이루되, 똑같이 맞추려 하지 말라는 뜻입니다. 우리는 중국과의 관계에서 화합을 이루어야 하지만, 우리의 독립성을 잃어서는 안 됩니다."

"그렇구나, 종진아. 네 말이 옳다. 우리는 중국과의 관계를 유지하면서도 우리의 독립성을 지켜야 한다. 그런데 그것이 쉽지 않은 일이지." 정몽주는 고개를 끄덕이며 말했다.

"물론 어려운 일이지만, 서로의 차이를 인정하고, 그 차이를 존중하며, 우리는 양국의 이익을 위한 최선의 길을 찾아야 합니다." 종진은 눈을 반짝이며 답했다.

"종진아, 네가 이렇게 깊이 생각할 줄은 몰랐다. 네 말이 옳아. 우리도 고려와 중국의 관계를 고민해 봐야겠어." 정종본이 감탄

---

[2] 子曰 "君子 和而不同, 小人 同而不和." 『논어』「자로 편」 "군자는 화이부동(和而不同)하고 소인은 동이불화(同而不和)한다."는 공자의 말. 화이부동(和而不同)은 화합하되 자기의 소신이나 의로움까지 저버리지는 않는다는 뜻.

하며 말했다.

"맞아. 종진이의 말대로 한다면, 더 나은 외교 정책을 세울 수 있을 거야. 아버지, 이 문제에 대해 더 깊이 논의해 봐야 할 것 같습니다." 정종성도 동의했다.

정몽주는 흐뭇한 미소를 지으며 세 아들을 바라보았다. "그래, 우리 모두 함께 이 문제를 해결해 나가자. 고려의 미래는 우리 손에 달려 있다. 서로의 지혜와 힘을 모아야 한다." 이렇게 해서 정몽주와 그의 세 아들은 고려와 중국의 외교 문제에 대해 깊이 있는 토론을 나누며, 고려의 운명을 걱정하고, 동시에 희망을 품게 되었다.

4. 최영과 이성계의 다툼

고려 말기, 혼란스러운 시국 속에서 개경의 궁궐 안에는 팽팽한 긴장감이 감돌고 있었다. 이성계 장군과 최영 장군이 고려 공민왕 앞에서 격렬한 논쟁을 벌이고 있었다. 주제는 명나라를 공격할 것인가, 말 것인가였다.

"명나라를 공격하는 것은 무리입니다!" 이성계 장군이 단호한 목소리로 말했다. "우리는 현재 내부의 안정을 우선시해야 합니다. 농민 반란과 왜구의 침입으로 나라가 혼란스러운 이 시점에, 외부 전쟁을 벌이는 것은 자멸로 가는 길입니다."

최영 장군은 눈살을 찌푸리며 반박했다.

"이성계 장군, 지금이야말로 우리가 강력하게 대응해야 할 때입니다. 명나라는 우리의 주권을 위협하고 있습니다. 만약 우리가 지금 행동하지 않는다면, 후세에 고려의 명맥을 유지하기 어려울 것입니다. 우리는 원나라와의 동맹을 통해 명나라를 견제해야 합니다."

공민왕은 깊은 고민에 빠져 있었다. 두 명의 뛰어난 장군이 서로 다른 의견을 내놓고 있었지만, 어느 쪽이 옳은지 판단하기 어려웠다. 그때, 정몽주가 한 발 앞으로 나섰다. 그는 이성계와 최영의 논쟁을 주의 깊게 지켜보고 있었다.

"전하." 정몽주가 조심스럽게 말을 꺼냈다.

"이 두 분의 의견 모두 일리가 있습니다. 그러나 지금 가장 중요한 것은 우리가 어떠한 선택을 하든지, 그 선택이 고려의 장기적인 안정과 번영을 보장할 수 있는가 하는 점입니다."

왕은 고개를 끄덕이며 정몽주에게 계속 말을 이어가라는 신호를 하였다.

"이성계 장군의 말처럼, 내부의 안정을 우선시하는 것은 매우 중요합니다. 현재 우리나라는 여러 문제로 혼란스러우며, 이러한 상황에서 전쟁을 벌이는 것은 위험할 수 있습니다. 그러나 최영 장군의 말처럼, 명나라의 위협을 무시할 수 없는 것도 사실입니다."

이성계가 정몽주를 바라보며 말했다.

"그렇다면, 정 선생은 우리가 어떻게 해야 한다고 생각하십니까?"

정몽주는 잠시 생각에 잠겼다가 대답했다. "내부의 안정을 우선시하되, 외부의 위협을 대비하는 것이 중요합니다. 먼저 내부의 문제를 해결하고, 군사력을 강화하여 명나라와의 전쟁에 대비해야 합니다. 동시에 원나라와의 동맹을 강화하여 외교적으로 명나라를 견제하는 것도 필요합니다."

"그렇다면, 우리 군을 재정비하고, 내부의 안정을 확보한 후에 명나라를 공격하는 것이 좋겠군요." 최영은 고개를 끄덕이며 말했다.

"대감의 말이 옳습니다. 내부의 문제를 해결하는 것이 최선의 길일 것입니다." 이성계도 동의하는 듯한 표정으로 말했다.

왕은 정몽주의 중재에 만족한 듯한 표정을 지으며 말했다. "좋습니다. 그럼 우리는 내부의 안정을 우선시하고, 군사력을 강화하여 명나라와의 전쟁에 대비하도록 하겠습니다. 이성계 장군과 최영 장군, 두 분 모두 각각의 역할에 충실해 주십시오."

이성계와 최영은 서로를 바라보며 고개를 끄덕이는 시늉을 하였다. 다만 그들은 완전히 서로 다른 마음을 가지고 있었다.

5. 위화도 회군 사건과 왕씨들의 몰락

1388년, 위화도 회군이 일어났다. 이성계 장군이 군사를 이끌고 돌아오면서 고려의 운명은 급격히 변화하기 시작했다. 이 사건은 고려 왕조 몰락의 시작이었다. 이성계가 정권을 잡자, 고려의 충신이자 군사적 영웅인 최영 장군은 역적으로 몰려 참수형에 처했다. 최영의 죽음은 충격적이었고, 이는 많은 고려 귀족들에게 공포의 시작을 알리는 사건이 되었다. 충신으로 여겨지던 이가 역적으로 몰리고, 그를 따르던 많은 집안이 파멸의 길을 걷게 되었다. 이성계가 정권을 잡고 새로운 조선이 태동하자, 고려 귀족사회는 무서움에 휩싸였다. 이성계의 부하들은 무자비하게 고려 왕족이나 귀족을 처단하기 시작했다. 고려의 귀족은 하루 아침에 역적으로 몰려 목숨을 잃거나 도망쳐야 했다. 이성계의 명령을 받은 부하들은 귀족의 저택을 습격하여, 재산을 약탈하고 남은 가족은 노비로 팔아버렸다. 부하들은 그들의 재산을 샅샅이 뒤져 귀중품을 챙겼다. 한때 화려했던 저택은 순식간에 폐허로 변했다. 고려의 귀족은 하나둘씩 사라졌다.

왕(王)씨들은 전(全)씨나 옥(玉)씨로 성을 변경하였다. 그중 왕춘보는 가장 깊은 좌절에 빠져 있었다. 그는 태조 왕건의 먼 후손으로, 고려 왕씨의 혈통을 이어받은 사람이었다. 왕춘보의 막내딸, 예진도 운명의 소용돌이에 휩싸였다. 왕춘보는 왕씨 성을 지키지 못한 것을 자책하며 깊은 한숨을 내쉬었다. 왕건이 고려를 세우며 지켜온 왕씨 성이 이제는 무의미한 글자에 불과했다.

왕춘보는 집안 대대로 내려오던 족보를 꺼내 들었다. 그는 손끝으로 한 장 한 장을 넘기며, 선조들의 이름을 읊조렸다. "왕건, 왕식렴, 왕소⋯." 이름 하나하나가 그의 가슴에 날카로운 비수처럼 박혔다. 그는 조상들이 이룩한 업적을 떠올리며 눈물을 흘렸다. 이제 왕춘보는 더는 왕족이나 귀족이 아닌 평범한 사람으로 살아가야 했다. 왕춘보는 딸을 불렀다. 눈앞의 종이에 새로운 성씨를 적어놓았다. 문이 열리자, 아버지는 예진을 가여운 눈빛으로 말했다.

"딸아, 네가 이 성씨를 받아들이겠느냐?"

"네, 아버지. 이제부터는 새로운 성씨로 살겠습니다." 예진은 떨리는 손으로 성씨가 적힌 종이를 아버지에게 받으며 말했다.

"이제부터는 왕씨가 아닌 '옥'씨이다." 이들은 개경을 떠난 남쪽의 의령으로 피난하기로 하였다.

6. 선죽교 사건

1392년 5월, 밤의 어둠이 깔린 선죽교. 정몽주는 비장한 심정으로 말을 타고 다리를 건너고 있었다. 고려의 마지막 충신으로서, 그는 끝까지 고려를 지키겠다는 결의를 다지고 있었다. 그러나 이방원의 명을 받은 자객들은 그림자처럼 다가오고 있었다. 그들의 눈빛에는 냉혹한 결의가 서려 있었다. 그들은 단 한 번의 실수도 용납되지 않는 임무를 맡고 있었다. 선죽교에서 정몽주를 제거해야만 했다.

정몽주는 말을 재촉하며 생각했다.

'이방원, 너는 진정 고려를 배신하는가?' 그의 마음에 불안과 결의가 교차하는 가운데, 그는 말을 더욱 빠르게 몰았다. 그러나 그의 앞길은 이미 막혀 있었다. 자객들이 길을 막고 나타났다. 그들의 칼이 달빛에 반짝였다. 정몽주는 말에서 내려 서서히 다가오는 적들을 바라보았다. 그의 눈에는 두려움 대신 결연한 의지가 담겨 있었다.

"정몽주 대감, 여기서 멈추시게." 한 자객이 소리쳤다. 정몽주는 고개를 들어 하늘을 바라보았다.

"고려의 운명도 이제 다했구나." 그는 중얼거리며 다시 말을 재촉했다. 그는 마지막으로 한 번 더 도망치려 했으나, 자객들은 그의 주위를 빠르게 둘러쌌다. 결국, 자객들의 칼날이 그의 몸을 관통했다. 정몽주는 피를 흘리며 쓰러졌다. 그의 말이 놀라 달아났고, 그의 피가 선죽교 위에 붉게 번져나갔다. 그의 마지막 숨결은 고려의 마지막 충신으로서의 결의와 함께 사라져 갔다. 정몽주의 소식을 들은 귀족들은 공포감에 휩싸이고 이 소식은 개경 일대로 퍼지고 정몽주의 집에도 알려진다.

7. 정몽주 부인의 결단

경주 이씨는 자신의 남편이 선죽교에서 죽임을 당했다는 충격적인 이야기를 듣게 된다. 그녀는 아직 약관의 나이도 안 된 큰아들 정종성과 둘째 아들 정종본을 꼭 안고 어떻게 살아야 할지 고민하였다. 역모죄로 몰리면 3대를 멸한다는 소식이 들리고 있었다. 이미 많은 귀족이 개경을 탈출한 상태였다.

　차가운 달빛이 온 세상을 비추는 밤, 경주 이씨는 병사들이 오고 있다는 소식을 들었다. 숨을 고르며 잠시 멈춘 그녀는 마지막으로 자신의 가족에게 인사를 해야 한다는 결심을 굳혔다. 장성한 두 아들, 그리고 아직 나이가 열 살도 안 된 막내아들이 눈앞에 있었다. 아이들의 눈에는 눈물이 맺혔다.

　"이제 떠나야 할 시간이다. 나를 용서해다오." 그녀는 큰아들과 둘째 아들의 머리를 쓰다듬으며 말했다.

　"너희는 강하게 자라야 한다. 아버지의 뜻을 잊지 말고, 언제나 정의롭게 살아야 한다. 너희들은 경북 영천의 정씨 집안 숙부댁으로 피신하거라." 그리고 두 아들에게 셋째의 존재를 다른 사람들에게 알리지 말도록 부탁하였다. 그렇게 두 아들을 먼저 떠나보내고 마지막으로 그는 막내아들을 안았다.

　그녀는 남편의 제자이자 신뢰할 수 있는 문인인 아산 장씨(牙山蔣氏) 장성발(蔣成發)에게 막내아들 종진을 부탁했다.

　"막내를 부탁합니다. 저희 아들 종진을 지켜주세요." 경주 이씨가 눈물을 글썽이며 말했다. 아이는 무슨 일이 일어나는지 모르는 듯 그의 얼굴을 올려다보았다. 경주 이씨는 아이의 작은 손을 꼭 쥐고 속삭였다.

　"아가야, 어미는 너를 항상 사랑할 것이다. 신분이 어떠하든 이 난세에서 살아남기만 해라. 네가 자라는 동안 나는 너를 지켜줄 수 없지만, 네가 언제나 안전하고 행복하기를 바란다." 부인은 눈물을 흘리며 장성발의 손을 잡았다.

"이렇게 보내다니, 마음이 아파요. 우리 아이를 지켜주세요."
부인은 마지막으로 남편의 제자를 바라보았다.
"부디 이 아이를 잘 부탁하오." 그 순간, 정몽주의 제자인 장성발이 다가와 경건하게 절을 올렸다.
"사모님, 제가 이 아이를 목숨을 걸고 지키겠습니다."
부인은 고개를 끄덕이며 제자의 손에 막내아들을 넘겼다.
"부디, 이 아이를 안전한 곳으로 데려가 주게."
갑작스럽게 병사들의 함성이 들려왔다. 병사들이 그들을 향해 달려오고 있었다. 경주 이씨는 장성발과 막내아들을 재촉했다.
"서둘러라! 시간이 없다!" 장성발은 막내아들을 품에 안고 급히 도망치기 시작했다. 병사들은 그들의 뒤를 쫓아왔고, 경주 이씨는 자신의 몸을 희생하여 그들을 막았다. 그는 마지막까지 가족을 위해 싸웠다.

장성발과 막내아들은 개성을 떠나 한강에 도착했다. 작은 배가 그들을 기다리고 있었다. 제자는 아이를 배에 태우고 노를 저었다. 병사들의 함성이 점점 가까워지자, 두려움이 밀려왔지만, 그는 포기하지 않았다. 막내아들은 두려움에 떨면서도 제자의 품속에서 안전을 찾았다. 병사들은 강가에 도착했지만, 배는 이미 멀리 떠나고 있었다. 병사들은 이를 갈며 분노에 찬 눈빛으로 그들을 바라보았지만, 손을 뻗을 수 없었다. 배는 어둠 속으로 사라지며 새로운 마을을 향해 나아갔다. 죽음의 공포 속에서도 제자는 막내아들을 지키기 위해 최선을 다했다. 그들은 겨우 다른 마을에 도착해 숨을 돌릴 수 있었다. 막내아들은 아직도 어머니와의 마지막 순간을 기억하지 못했지만, 제자는 그 기억을 가슴속에 간직하며 아이를 지켜주기로 다짐했다.

8. 장성발과 헤어짐

장성발은 고향인 경상북도 의성으로 내려갔다. 장성발은 종진의 신분을 감추고 노비로 일하게 했다. 그의 진짜 신분을 아는 이는 장성발뿐이었다. 장성발은 종진을 일부러 함부로 대했다. 장성발은 종진이 원나라 사람과 관비 출신 사이 태생이라고 하였다. 종진이 중국말을 할 줄 알아 다른 사람들은 그러려니 했다. 다른 사람들은 종진을 단순한 노비로 취급하며 함부로 대했다.

장성발은 종진이 정몽주의 후손이라는 사실이 밝혀지면 어떠한 운명이 될지 몰라 이를 철저히 감추었다. 종진뿐만 아닌 장성발도 해를 입을 것이었다. 종진은 그저 하루하루를 충실히 살아가며, 언젠가 자신의 날이 올 것이라는 믿음으로 버텼다. 종진은 다른 하인들의 핍박을 꿋꿋이 견디며 자신에게 주어진 일을 묵묵히 해나갔다.

종진의 하루는 늘 분주했다. 아침 일찍 일어나 마당을 쓸고, 온갖 허드렛일을 도맡아 했다. 그에게 가장 큰 위안은 장성발의 아들 장수로가 공부하는 소리를 듣는 것이었다. 수로가 서재에서 책을 읽고 글을 쓰는 모습을 볼 때마다, 종진은 멀리서 그 모습을 지켜보며 몰래 어깨너머로 공부했다. 수로가 읽고 있는 책은 대부분 사서오경에 관한 것이었다. 종진에게는 익숙한 내용이었지만, 그는 수로에게 자신의 학문적 지식을 드러내지 않았다. 대신, 종진은 수로의 공부 내용을 마음속에 새겼다. 그는 수로의 방을 청소할 때마다 책을 치우면서 공부하는 것을 즐겼다. 마치 잃어버린 학자의 삶을 잠시나마 되찾은 듯한 기분이었다.

하루는 수로가 가야금을 연주하는 모습을 보게 되었다. 종진은 그 모습에 감동하였다. 그 이후로도 수로가 가야금을 연주할 때마다 몰래 지켜보며 그 아름다운 소리에 빠져들곤 했다. 수로의 손끝에서 흘러나오는 아름다운 가락은 종진의 마음을 울렸다. 어느 날, 수로의 방을 청소하던 종진은 가야금을 발견했다. 방 안에 아무도 없는 것을 확인한 후, 종진은 조심스럽게 가야금을 손에 들었다. 수로가 연주했던 곡을 떠올리며 조심스럽게 줄을 튕기기 시작했다. 서툴지만 아름다운 소리가 방 안에 퍼졌다. 그는 한동안 가야금을 연주하며 행복한 시간을 보냈다. 그 이후로도 수로가 가야금을 연주할 때마다 종진은 몰래 지켜보며 그 소리에 빠져들곤 했다.

장성발의 저택은 고요한 오후를 맞이하고 있었다. 햇살이 따스하게 내리쬐는 마당 한쪽에서 가야금 소리가 은은하게 들려왔다. 장성발의 부인인 안동 김씨는 소리의 출처를 찾아 발걸음을 옮겼다. 그녀는 아들 방 앞에서 문을 열고 놀라운 광경을 목격했다. 하인 종진이 아들의 가야금을 능숙하게 연주하고 있는 것이 아닌가. 안동 김씨의 얼굴에는 분노가 일었다.

"감히 하인이 양반의 가야금을!" 그녀는 크게 외치며 방으로 들어갔다. 종진은 놀라서 손을 떼고 고개를 숙였다. 즉시 하인들에게 명해 종진을 끌고 나가 곤장을 치게 했다. 안동 김씨의 명령이 떨어지자마자 집안 하인들이 종진을 끌고 나갔다. 마당에 눕혀진 종진은 곤장을 맞으며 비명을 질렀다. 장성발은 이 소란을 듣고 밖으로 나왔다. 상황을 파악한 그는 아내에게 다가갔다.

"여보, 조금만 진정하게. 저 하인도 잘못은 했지만, 너무 가혹한 벌을 주는 것은 아닌지요?" 장성발이 말했다.

"가혹하다니요? 양반의 권위를 무시한 죄는 결코 가벼운 죄가 아닙니다." 안동 김씨는 단호하게 대답했다.

장성발은 말을 잇지 못하고 고개를 저었다. 그는 하인들이 종진을 끌고 나가는 모습을 보며 깊은 한숨을 쉬었다. 밤이 되자 장성발은 종진을 몰래 불러들였다.

"종진아, 이리 오너라." 장성발이 조용히 말했다. 종진은 눈물을 흘리며 고개를 숙였다.

"대감님, 저는 이제 어디로 가야 할지 모르겠습니다." 장성발은 주머니에서 돈주머니를 꺼내 종진에게 건넸다.

"이 노잣돈을 가지고 부산으로 가거라. 거기에 내 친구가 있다. 그에게 가서 이 사연을 전하면 너를 도와줄 것이다." 장성발은 종진의 어깨를 가볍게 두드렸다.

"부디 몸조심하고, 좋은 곳에서 다시 시작해라." 종진은 고개를 깊이 숙여 인사한 뒤 어둠 속으로 사라졌다. 장성발은 먼 하늘을 바라보며 깊은 한숨을 내쉬었다. 스승의 은혜를 갚지 못하면서 종진을 돕지 못해 마음의 짐이 더 무거워졌다. 그 후로도 장성발은 종진의 소식을 간간이 들으며 그가 무사히 지내기를 바랐다.

9. 종진의 힘난한 여정

종진은 어머니가 역적으로 몰려 목숨을 빼앗기던 날의 광경을 똑똑히 기억하고 있었다. 모친의 죽음 이후, 종진은 정체를 숨기고 살아남기 위해 길을 떠났다. 그의 머릿속에는 '살아남아야 한다.'라는 단어가 맴돌았다. 종진은 부산으로 떠났다. 때로는 숲속에 숨어 지냈고, 때로는 작은 마을에서 밥 한 끼를 구걸하며 지냈다. 어느 날, 그는 부산 근처 장성발이 소개한 농장에 도착했다. 종진은 새로운 삶을 시작하기로 했다.

"이보게, 이름이 무엇인가?" 농장의 주인이 물었다. 종진은 잠시 머뭇거리다가 답했다.

"저는 아산 장씨 장영실이라고 합니다." 그는 자신의 본명을 숨기기로 했다.

"부모님을 조실부모하고 떠돌아다니다 여기에 오게 되었습니다." 그렇게 종진은 '영실'이라는 이름으로 새로운 삶을 시작했다. 농장 생활은 힘들었다. 일찍 일어나서 해가 질 때까지 쉬지 않고 일해야 했다. 쌀을 심고, 물을 주고, 수확하는 일은 어린 종진에게는 가혹한 노동이었다. 그의 손바닥은 굳은살로 가득 찼고, 몸은 항상 피곤했다. 하지만 종진은 포기하지 않았다. 자신의 정체를 숨기고 살아남기 위해서는 이 방법밖에 없었기 때문이다.

영실의 삶은 힘들었지만, 종진은 일본어와 중국어를 할 줄 알고 글을 읽을 수 있는 자신의 능력을 잊지 않았다. 밤이 되면 그는 홀로 남아 책을 읽으며 마음의 위안을 찾았다. 그의 능력은 그에게 작은 희망을 주었다. 언젠가는 이 모든 고난을 극복하고 부모의 억울함을 풀 수 있을 거라는 희망이었다.

장영실은 고된 노동에 시달렸다. 그는 노비로서 하루하루를 힘겹게 보내며 자신의 몸을 돌볼 틈도 없이 일에만 매달렸다. 어느 날, 영실은 끝내 지친 몸을 이기지 못하고 쓰러지고 말았다. 주변 사람들은 그런 영실에게 무관심했다. 노비 한 명이 아픈 것은 다른 사람들에게 중요하지 않았다. 시간이 흐르고 영실의 병세는 더 악화하였다. 그런데도 아무도 그에게 손을 내밀지 않았다. 그러던 어느 날, 영실의 주인이 그에게 다가왔다. 영실은 무슨 일인가 싶어 주인을 바라보았다. 주인은 말없이 작은 봉지를 내밀었다.

"이건 네게 주는 약이다. 먼 친척이 네가 아프다는 소식을 듣고 보내왔다." 주인은 그렇게 말하고는 다시 자기 일로 돌아갔다.

영실은 손에 쥔 약을 바라보며 고개를 갸웃거렸다. 누가 자신을 도와주는지 대충 짐작은 갔지만, 그는 마음속으로만 그 고마움을 느꼈다. 주인의 말처럼 먼 친척일 수도 있고, 아니면 자신을 알고 있는 누군가가 보낸 것일 수도 있었다. 영실은 약을 먹으며 그 고마운 마음을 가슴 깊이 새겼다.

　약을 먹은 후, 영실은 점차 회복되기 시작했다. 그의 몸은 다시 일어섰고, 그는 다시 일을 시작했다. 그러나 그날 이후로 영실의 마음속에는 누군가의 따뜻한 마음이 자리를 잡았다. 비록 노비로서 고된 삶을 살고 있었지만, 누군가 자신을 생각해 주고 있다는 사실이 그에게 큰 힘이 되었다.

　어느 날, 농장에 새로운 인부들이 도착했다. 그중 한 명은 일본어를 할 줄 아는 상인이었다. 상인은 영실이 일본어를 할 줄 아는 것을 알아차리고는 깜짝 놀랐다.

　"네가 어떻게 일본어를 아는 거냐?" 상인이 물었다. 영실은 잠시 망설였지만, 진실을 숨기기로 했다.

　"그저 어려서 부모에게 배웠습니다." 그는 짧게 대답했다. 영실은 중국어와 일본어를 바탕으로 무역업에서도 뛰어난 실력을 보였다. 상인은 종진에게 더 많은 것을 물어보지 않았지만, 그날 이후 종진을 다른 눈으로 보기 시작했다. 종진의 능력은 점점 더 많은 사람에게 알려지기 시작했고, 농장 주인도 그의 재능을 알아보게 되었다. 종진은 더는 단순한 노비가 아니었다. 그는 농장의 중요한 일들을 맡게 되었고, 그의 의견은 점점 더 중요해졌다.

　종진은 자신의 정체를 끝까지 숨겨야 했다. 그는 부모의 원수를 갚고 살아남기 위해서는 더 많은 시간이 필요하다는 것을 알고 있었다. 그래서 그는 계속해서 영실로 사는 삶을 살았다. 농장에서의 고된 노동은 그의 몸을 더욱 강하게 만들었고, 종진은 자신의 꿈을 잊지 않았다. 그는 언젠가 다시 고려의 귀족으로서 자신의 자리를 찾고, 부모의 억울함을 풀겠다고 다짐했다. 그날이 오기까지, 종진은 힘든 노동 속에서도 희망을 잃지 않고 살아갔다.

10. 영실의 승진

영실은 힘겨운 일상 속에서도 틈틈이 공부를 게을리하지 않았다. 다양한 언어를 통한 공부는 그의 지식을 더욱 넓혀주었다. 어깨너머로 배운 학문뿐만 아니라 그는 기계와 도구에도 깊은 관심을 가졌다. 밤이 되면 영실은 작은 방 안에서 철사와 나무 조각을 가지고 새로운 농기구와 기계를 설계하고 만들었다. 영실의 손끝에서 탄생한 물건들은 그저 단순한 도구가 아니었다. 그것들은 그의 지혜와 노력이 담긴 결실이었다.

하루는 영실이 만든 새로운 농기구가 하인들 사이에서 화제가 되었다. 영실이 만든 농기구는 기존의 것보다 훨씬 효율적이었고, 일의 능률을 크게 높여주었다. 처음에는 영실을 무시하던 다른 노비들도 그가 만든 도구를 사용해 보면서 그의 재능을 인정하기 시작했다. 영실의 기계 중 큰 인기를 끈 것은 물레방아를 이용한 탈곡기였다. 이 탈곡기는 곡식을 훨씬 빠르고 효율적으로 탈곡할 수 있게 해주었고, 이를 사용한 농부들은 모두 감탄을 금치 못했다.

영실의 재능은 곧 이웃 마을까지 소문이 퍼졌다. 사람들은 영실이 못 만드는 농기구가 없으며, 한 번 본 것이라면 거의 같게 그림을 그리거나 똑같이 만들어 낸다는 이야기를 들었다. 이러한 소문은 빠르게 퍼져나갔고, 다른 마을에서도 영실에게 부탁하기 위해 아침부터 농장 주인집 앞에 사람들이 줄을 서기 시작했다.

어느 날, 이웃 마을의 한 농부가 영실에게 찾아왔다. 그는 자신이 사용하는 낡은 쟁기를 보여주며, 이를 고쳐줄 수 있는지 물었다. 영실은 쟁기를 한번 보고는 그 자리에서 쟁기의 구조를 그림으로 그려냈다. 그리고 며칠 후, 농부에게 완전히 새롭게 만든 쟁기를 만들어 주었다. 농부는 영실의 솜씨에 놀라움을 금치 못했고, 그의 명성은 더욱 높아졌다.

영실의 작업실은 이제 마을 사람들로 북적였다. 그들은 저마다의 문제를 안고 영실을 찾아왔고, 영실은 그들의 문제를 해결해 주었다. 그는 단순히 도구를 만드는 것에 그치지 않고, 사람들의 삶을 더욱 편리하게 만들기 위해 끊임없이 새로운 아이디어를 구상하고 실현해 나갔다.

농장 주인은 영실의 이러한 모습에 감탄하며, 그를 더욱 아끼고 보호하려 했다. 그는 영실에게 더 많은 자유를 주어, 그의 재능을 마음껏 펼칠 수 있도록 지원했다. 영실은 이제 더는 단순한 노비가 아니었다. 그는 마을 사람들의 삶을 변화시키는 혁신가였고, 그의 능력은 사람들에게 큰 희망을 주었다. 영실은 자신의 재능을 통해 사람들에게 도움을 주는 것이 큰 기쁨이었다. 그는 여전히 자신의 신분을 숨기고 있었지만, 그의 마음속에는 언젠가 세상에 나설 날을 꿈꾸고 있었다.

11. 영실 등의 북두칠성

　영실은 어린 시절 가족들과 헤어질 때 받은 말을 가슴 깊이 새기고 있었다. 그의 왼쪽 등에는 은하수 배경처럼 펼쳐진 몽고점이 있었고, 그 안에 북두칠성 모양의 점들이 있었다. 어머니는 헤어지면서 가족들이 그를 알아볼 수 있는 유일한 표식으로 이 몽고점을 기억하라며, 다른 사람에게 절대로 노출하지 말라고 당부했다. 영실은 그 이후로 외부 사람들 앞에서 절대 등을 노출하지 않았다.

　영실이 노비로 일하며 살아가던 어느 날, 다른 노비인 만복이와 함께 개울가에 빨래하러 가게 되었다. 만복이는 밝고 활발한 성격으로, 영실에게 항상 친절하게 대했다. 개울가에 도착하자 만복이는 빨래하면서도 영실에게 이것저것 이야기를 걸었다.

　"영실 형님, 여기 물이 시원해. 등목이나 같이 해요."

　만복이의 말에 영실은 잠시 당황했지만, 곧 미소를 지으며 대답했다.

　"고마워, 만복아. 하지만 난 괜찮아. 이렇게 입고 있어도 충분히 할 수 있어."

　영실은 다른 핑계를 대며 끝까지 옷을 벗지 않았다. 만복이는 이상하게 생각했지만, 다시는 묻지 않고 자기 일을 계속했다. 주변의 다른 노비들도 물에 들어가며 영실에게 함께 하자고 권유했지만, 영실은 그때마다 조용히 거절했다. 영실은 끝까지 옷을 입은 채로 빨래를 했다. 그의 마음속에는 언제나 가족과의 약속이 자리 잡고 있었기에, 어떤 상황에서도 등을 노출하지 않겠다는 결심이 강했다.

그날 저녁, 영실은 자신의 작은 방에서 혼자만의 시간을 가졌다. 그는 거울을 보며 자신의 등을 확인했다. 은하수처럼 펼쳐진 몽고점과 북두칠성 모양의 점들을 보며, 가족들과의 추억을 떠올렸다. 그 표식은 단순한 점이 아니라, 그가 가족들과 다시 만날 수 있는 희망이었다.

12. 관아에서 일하게 된 영실

어느 날, 영실은 부서진 농기구를 고치기 위해 쇠를 두드리고 있었다. 농장 주인은 그의 능력을 눈여겨보고 있었다.

"영실아, 너는 정말 특별한 재주를 가졌구나. 이런 기술을 너만 알고 있기엔 아깝다. 관아에 가서 너의 능력을 보여주면 어떻겠냐?" 주인이 말했다.

영실은 잠시 고민하다가 고개를 끄덕였다.

"주인어른, 그리하겠습니다. 저도 제 능력이 어디까지인지를 알고 싶습니다."

주인은 영실을 데리고 관아로 향했다. 관아의 관리들은 영실이 만든 도구들을 보고 감탄을 금치 못했다.

"이렇게 훌륭한 기술을 가진 노비가 있다니! 그의 능력을 더 많은 사람에게 알려야 합니다."

그리하여 영실은 점점 더 많은 사람에게 알려지게 되었다. 그의 능력은 단순히 농기구에 그치지 않았다. 관아에 들어간 영실은 다양한 도구와 기구를 만들기 시작했다. 그의 창의력과 손재주는 사람들의 입에 오르내리기 시작했고, 점점 더 많은 이들이 그의 이름을 알게 되었다. 그는 무기 체계 개선에도 크게 이바지하여 군사적 능력도 인정받았다.

영실은 글을 읽고 쓸 줄 알았다. 이로 인해 양반들과도 자유롭게 소통할 수 있었다. 그의 학식과 기술력은 많은 이들의 주목을 받았다. 특히 부산 관찰사는 영실의 능력을 높이 평가하였다. 어느 날, 부산 관찰사는 영실을 불러 말했다.

"영실아, 너의 재능은 한양에서도 빛을 발할 수 있을 것이다. 내가 한양에 너를 추천할 테니, 그곳에서 더 큰일을 해보아라."

부산 관찰사의 추천으로 영실은 한양으로 떠났다. 한양에 도착한 영실은 그의 능력을 마음껏 펼칠 기회를 얻었다. 그는 새로운 발명품을 개발하고, 조선의 기술 발전에 크게 이바지하였다. 그의 이름은 점점 더 많은 사람에게 알려졌다. 한양에 도착한 장영실은 궁궐 내의 여러 기술자와 협력하며 새로운 도구와 기계를 만들어 냈다. 그는 노비 신분이었지만, 글을 알고 양반들과도 자유롭게 소통할 수 있었다. 그의 지식과 능력은 날로 발전하여, 왕실에서도 그의 존재를 주목하게 되었다.

13. 세종과 만남

어느 날, 소문을 들은 세종(1397~1450년)은 장영실을 직접 만나 보기로 했다.

"그대가 바로 장영실인가?"

영실은 공손히 머리를 숙이며 대답했다.

"예, 전하. 장영실이옵니다."

세종은 그의 재능에 깊은 인상을 받았다.

"그대의 재주가 참으로 대단하도다. 앞으로도 많은 일을 해주길 바란다."

1421년, 세종의 명을 받아 장영실은 명나라로 유학을 떠났다. 그는 명나라에서 천문관측기기를 비롯한 다양한 과학기구들을 익히고 돌아왔다. 이때부터 장영실의 삶은 크게 변하기 시작했다. 그는 열정적으로 학문에 임했고, 그곳에서 얻은 지식을 바탕으로 새로운 기기들을 고안하고 제작할 꿈에 부풀어 있었다.

1423년, 장영실은 중국 유학을 마치고 귀국했다. 세종대왕은 그에게 정5품 상의원 별좌의 직책을 내리고, 관노의 신분을 벗도록 명했다. 이는 장영실에게 큰 영광이었으며, 그의 재능을 인정받는 순간이었다. 그는 본격적으로 궁중 기술자로서의 활동을 시작했다.

어느 날, 세종의 정전 앞에 여러 대신이 모였다. 그들은 걱정과 불만으로 가득 찬 얼굴로 서로의 눈치를 보며, 두루마리를 들고 있었다. 결국, 대신들은 마음을 모아 장영실을 탄핵하는 상소문을 작성하여 세종에게 올리기로 했다.

상소문을 받아든 세종은 고민에 빠졌다. 그의 손에는 대신들이 올린 상소문이 들려 있었다.

"전하, 장영실은 천민 출신으로서 비록 재능이 뛰어나다 하나, 그가 양반의 신분으로 승격되고 관직에 오르는 것은 조정의 예법과 맞지 않습니다. 이는 조정의 질서를 어지럽히고, 천민과 양반의 구분을 무너뜨리는 일이옵니다. 바라건대, 전하께서는 이 문제를 심사숙고하시어 올바른 결정을 내려주시길 청하옵니다."

세종은 상소문을 읽으며 깊은 한숨을 내쉬었다. 장영실의 재능과 공로를 누구보다도 잘 알고 있는 그는 이 문제로 인해 고민에 빠질 수밖에 없었다. 그를 곁에서 지켜보던 내관이 조심스럽게 물었다.

"전하, 어떻게 하실 생각입니까?"

세종은 한참 동안 대답하지 않았다. 대신의 의견을 무시할 수는 없었으나, 장영실의 공헌을 무시할 수도 없었다. 결국, 그는 대신들을 정전으로 소집했다.

다음 날, 정전에는 대신들이 모여들었다. 그들은 세종의 결정을 기다리며 불안한 눈빛을 주고받았다. 세종은 천천히 자리에서 일어나 대신들을 바라보았다.

"그대들의 상소문을 읽었소. 장영실의 신분 상승과 관직 임명에 대한 우려를 이해하오. 하지만 그대들이 알다시피, 장영실은 우리 조선의 과학 기술을 발전시키는 데 커다란 공로를 세웠소.

그의 발명품은 백성들의 삶을 윤택하게 만들고, 우리 조선을 더욱 강하게 만들었소."

대신 중 한 명이 나섰다. 그는 신중한 목소리로 말했다.

"전하, 장영실의 재능은 저희도 인정합니다. 그러나 신분 제도는 조정의 질서를 유지하는 중요한 원칙입니다. 그 원칙이 무너지면, 백성들의 불만이 커질 것이옵니다."

세종은 고개를 끄덕이며 잠시 침묵했다. 그의 마음속에서는 여러 가지 생각이 교차하고 있었다. 결국, 그는 결단을 내리기로 했다.

"그대들의 말도 일리가 있소. 그러나 나는 장영실이 조선에 이바지한 공로를 무시할 수 없소. 그의 재능은 신분을 초월할 만큼 귀중하다고 생각하오. 따라서 나는 장영실의 신분 상승과 관직 임명을 유지할 것이오."

대신들 사이에서 웅성거림이 일었다. 세종은 손을 들어 그들을 진정시켰다.

"하지만 그대들의 우려를 무시할 수는 없소. 그러므로 장영실의 사례를 특별한 예외로 하여, 이후에도 비슷한 사례가 발생하지 않도록 할 것이오. 또한, 장영실이 맡은 관직의 역할과 책임을 엄격히 감시하고, 그의 행보가 조정의 질서를 어지럽히지 않도록 할 것이오."

대신들은 여전히 불만스러운 얼굴을 하고 있었지만, 세종의 결단을 존중하지 않을 수 없었다. 그들은 머리를 숙이며 세종의 결정을 받아들였다.

며칠 후, 장영실은 세종 앞에 불려왔다. 그는 세종의 결정을 듣고 깊은 감사를 표했다.

장영실은 공직을 하사받고 경복궁 서쪽에 있는 서촌에 집을 마련하였다. 서촌은 조선 시대 통역관이나 의술에 종사하던 의관과 같은 중인을 비롯해 뛰어난 예술가들이 모여 살던 곳이었다.

14. 장영실의 순시와 결혼

장영실은 한양의 양반들이 거주하는 서촌에 살고 있었다. 사람들은 그의 과거를 알지 못했고, 그는 양반의 옷차림을 하고 갓을 쓰며 선비로 사는 삶을 살았다. 갓을 쓰고 선비의 옷을 입은 그의 모습은 누구나 존경할 만한 고위 관리의 풍모였다.

어느 날, 장영실은 마을을 지나가다 한 무리의 사람들 속에서 웅성거림을 들었다. 그는 소리 나는 쪽으로 가보았다. 그곳에는 한 누추한 여인이 양반들에게 괴롭힘을 당하고 있었다. 그녀는 바로 의령 옥씨 예진이었다. 예진은 원래 왕족 출신이었으나, 가족이 역적으로 몰리면서 숨어다니던 중이었다. 그녀는 두려움에 떨고 있었다.

장영실은 예진을 구하기로 했다. 그는 당당하게 하급 관리들에게 다가가 외쳤다.

"이게 무슨 짓이오? 즉시 이 여인을 놔주지 않으면, 나는 이

일을 왕께 보고할 것이오."

관리들은 깜짝 놀라 장영실을 바라보았다. 그들은 그의 단정한 옷차림과 권위 있는 태도에 압도되었다.

"당신은 누구신지요?"

장영실은 숨을 깊이 들이마시고는 태연하게 대답했다.

"나는 왕의 명을 받고 이곳을 순찰 중인 어사요. 지금 이 자리에서 그대들의 이름과 행적을 기록할 것이니, 감히 다시는 이 여인을 괴롭히지 마시오!"

관리들은 얼굴이 창백해지며 서로를 쳐다보았다. 그들은 어사의 권위를 두려워하여 더는 저항하지 않고 뒤로 물러섰다.

예진은 여전히 두려움에 떨고 있었지만, 장영실의 도움에 감사했다.

"정말 감사드립니다, 나리. 저를 구해주셔서 어떻게 감사의 인사를 드려야 할지 모르겠습니다."

장영실은 미소를 지으며 그녀를 일으켜 세웠다.

"이제 안심하시오. 나는 당신을 해치지 않을 것이오. 이 마을에서 안전하게 지내도록 내가 돕겠소."

예진은 여전히 두려움에 떨고 있었지만, 장영실의 행동에 감사의 눈물을 흘렸다.

"정말 감사드립니다, 나리. 저를 구해주신 은혜를 어찌 갚아야 할지 모르겠습니다."

장영실은 미소를 지으며 그녀를 일으켜 세웠다.

그 후로, 장영실은 예진에게 거처를 마련해 주고 그녀가 마을에서 안전하게 지낼 수 있도록 배려했다. 그녀는 점차 마을 사람들에게 받아들여졌고, 새로운 삶을 시작할 수 있었다.

시간이 흐르면서 장영실과 예진은 서로의 마음을 확인하게 되었다. 그들은 서로에게 깊은 애정을 느끼며 사랑을 나누게 되었다.

어느 날, 장영실은 예진에게 자신의 진짜 출신을 고백하기로 했다.

"예진, 사실 나는 원래 고려 귀족의 출신이나 노비 출신으로 강등이 되었어…. 지금의 신분은 내 본모습은 아니오. 나는 당신에게 솔직하게 이야기하고 싶소."

예진은 놀라면서도 그의 솔직함에 감동했다. 그녀도 자신의 출신을 고백하기로 했다.

"사실 저도 원래 왕족 출신입니다만. 그러나 가족이 역적으로 몰리면서 숨어다니게 되었소. 나도 당신에게 솔직하게 이야기하고 싶었소."

장영실과 예진은 서로의 진실을 알게 되면서 더욱 깊이 신뢰하게 되었다. 그들은 서로를 위로하며, 원래 귀족이었으나 모함을 받은 사실을 공유했다. 그들은 함께 어려움을 이겨내며 서로를 지켜주기로 약속했다. 그리하여 장영실과 예진은 사랑과 신뢰를 바탕으로 새로운 삶을 시작하게 되었다. 그들은 비밀을 공유하며 더욱 강해졌고, 그들의 사랑은 날이 갈수록 깊어졌다. 함께하는 모든 순간이 그들에게는 새로운 희망이었고, 그들은 서로의 곁에서 행복하게 살았다.

15. 세종과의 브로맨스의 시작

조선 시대의 어느 밤, 경복궁의 은은한 불빛이 궁궐 안을 비추고 있었다. 장영실은 그날도 별을 연구하고 있었고, 그의 얼굴에는 피로가 가득했다. 몇 날 며칠을 밤낮으로 연구에 매진한 그는 잠시 눈을 붙일 틈도 없었다. 세종은 이를 안타깝게 여기며 은밀히 그를 찾아왔다.

"영실아, 오늘 밤도 쉬지 않고 일하고 있구나." 세종이 말했다.

"전하, 아직 해야 할 일이 많이 남아 있습니다." 장영실이 고개를 숙이며 대답했다.

세종은 고개를 끄덕이며 장영실의 어깨에 손을 얹었다. 두 사람은 임금과 신하의 관계를 넘어, 오랜 세월 함께해 온 형제 같은 사이였다. 세종은 장영실과 열 살 정도 차이가 있었다. 공적인 자리에서는 엄격하게 임금과 신하로 지냈지만, 사적인 자리에서는 마치 형과 동생처럼 지냈다.

"너무 무리하지 말아라. 나도 열정에 사로잡혀 밤을 지새우곤 했지만, 몸이 견디지 못한다면 아무 소용이 없다."

장영실은 세종의 진심 어린 조언에 잠시 눈을 감았다.

"알겠습니다, 전하. 하지만 지금은 해야 할 일이 너무 많습니다."

그때 세종은 장영실의 얼굴에 피로의 흔적을 발견하고는 깊은 한숨을 내쉬었다.

"그럼 이 음식을 먹고 힘을 내도록 해라." 세종은 자신의 야식을 장영실에게 건넸다.

"밤참으로 먹으면서 잠시 쉬어라."

장영실은 세종의 호의에 감사를 표하며 음식을 받았다. 세종은 장영실을 자주 찾았고, 그의 고통을 함께 나누며 그를 위로했다.

16. 세종의 병환

세종은 가장 위대한 왕으로 알려져 있었다. 그러나 그의 마음은 언제나 무거웠다. 각종 국사를 처리하고 백성의 삶을 책임지는 일은 결코 쉬운 일이 아니었다. 왕은 매일 새벽 4시에 일어나 책을 읽고 각종 국사를 처리해야 했다. 궁궐과 조정의 모든 대소사를 결정해야 했다. 다만 세종의 곁에는 장영실이 있었다. 장영실은 세종과의 친분을 통해 서로의 아픔을 이해하며 의형제 같은 관계를 맺고 있었다.

"오늘도 고생이 많으시군요." 장영실이 세종의 얼굴을 살피며 말했다.

"나도 가끔은 조용히 시를 지으며 한가하게 지내고 싶군." 세종은 한숨을 내쉬며 말했다. 그의 눈빛에는 지친 기색이 역력했다. 며칠이라도 쉬고 싶다는 표정을 하였다.

세종의 건강은 그리 좋지 않았다. 그의 나날은 학문과 정사를 다루는 일로 가득했지만, 그 과정에서 그의 몸은 점차 무너져 갔다.

20대 초반, 세종은 이미 허리 통증에 시달리기 시작했다. 밤낮 없이 나라의 일을 돌보던 그는 자주 책상 앞에 앉아 시간을 보냈다. 허리의 통증은 그에게 큰 고통이었지만, 그는 이를 대수롭지 않게 여겼다. 30대에 접어들면서 허리 통증은 더욱 심해졌다. 하루는 통증이 너무 심해 자리에 눕기조차 힘들었다. 세종은 몸을 추스르며 가만히 누워 천장을 바라보았다.

"이 고통이 어서 지나가야 할 텐데…." 그는 속으로 다짐했다. 며칠을 그렇게 보낸 후에야 통증이 서서히 가라앉았지만, 그는 언제 또다시 이 고통이 찾아올지 모른다는 불안을 안고 있었다.

세종의 허리 통증은 30대에 들어서면서 더욱 심해졌다. 국사를 보면서도, 그는 종종 허리를 펴며 고통을 참아야 했다. 그러나 그에게 더 큰 고통은 눈병이었다. 책을 읽는 것도, 글을 쓰는 것도 점점 어려워졌다. 그는 눈이 따가워 눈물을 흘리며 문서를 읽었다. 그는 여러 번 의원을 불러 치료를 받았지만, 그 효과는 일시적이었다. 세종은 지친 눈을 손으로 감싸며 탄식했다. 무릎 통증도 세종을 괴롭혔다. 계단을 오르내릴 때마다 무릎이 욱신거렸고, 목마름 증상과 살 빠지는 증상까지 나타났다. 당뇨병으로 인한 증상이었다. 그는 건강을 회복하기 위해 다양한 치료법을 시도했다. 한약을 먹고 침을 맞으며, 요양하기도 했다.

어느 날 밤, 세종은 종기가 나서 고통스러워했다. 장영실은 이를 보고 마음이 아파했다.

"전하, 제가 도와드리겠습니다." 장영실이 말했다.

"너무 아프구나, 영실아." 세종이 고통스러운 목소리로 말했다.

장영실은 망설임 없이 세종의 종기를 빨아내기 시작했다. 그는 자신의 입으로 종기를 빨아내어 세종의 고통을 덜어주었다. 그리고 종기에 고약을 붙여주었다.

세종은 눈물을 글썽이며 말했다.

"네가 아니었으면 나는 어찌 되었을지 모르겠다."

"전하, 저는 그저 전하를 위해 최선을 다할 뿐입니다."

세종은 장영실의 헌신에 깊이 감동했다. 두 사람의 관계는 단순한 임금과 신하의 관계를 넘어서, 서로를 진정으로 아끼고 이해하는 형제와 같은 관계였다. 다른 신하들은 이들의 관계를 알지 못하고 단순히 왕과 신하의 관계로만 생각했다. 하지만 그들은 누구보다도 깊은 우정을 나누고 있었다.

17. 화양연화, 해시계와 물시계의 발명

1434년, 장영실은 자격루, 앙부일구를 제작했다. 자동 물시계인 보루각의 자격루는 시간을 정확히 알리는 데 큰 역할을 했다. 해시계인 앙부일구는 태양의 위치를 통해 시간을 측정했다. 조선의 한여름, 경복궁의 뜨거운 태양 아래 정전에서 대신들이 모두 모였다. 이날은 특별한 날이었다. 장영실이 발명한 물시계에 대한 소문은 이미 조정 내외에 퍼져 있었다. 장영실의 발명품을 세종 앞에서 시연하는 날이었다. 대신들과 궁중의 많은 사람은 호기심 가득한 눈빛으로 그를 지켜보고 있었다. 세종은 정전에 앉아, 장영실의 발명품을 기다리고 있었다. 그의 얼굴에는 신뢰와 기대가 섞여 있었다.

장영실은 조심스럽게 두 개의 발명품, 해시계와 물시계를 가져왔다. 그는 먼저 해시계를 세종 앞에 놓았다.

"전하, 이 해시계는 태양의 움직임에 따라 시간을 측정할 수 있습니다. 제가 시연해 보이겠나이다."

세종은 고개를 끄덕이며 미소를 지었다. 장영실은 해시계를 정확한 위치에 놓고 태양의 방향을 맞추었다. 햇살이 시계의 표면에 닿자, 그림자가 정확한 시간에 맞추어 이동하기 시작했다. 대신들은 놀라움을 감추지 못했다.

"이것이 바로 해시계입니다, 전하. 낮 동안 태양의 위치를 이용해 정확한 시간을 알 수 있습니다."

대신들은 경탄하며 고개를 끄덕였다. 그들은 한목소리로 장영실의 재능을 칭찬했다. 장영실은 이어서 물시계를 세종 앞에 놓았다.

"전하, 이 물시계는 해가 없어도 시간을 정확히 측정할 수 있습니다. 제가 직접 시연해 보이겠나이다."

세종은 고개를 끄덕이며 미소를 지었다. 그의 눈에는 이미 장영실에 대한 신뢰가 가득했다. 장영실은 물시계의 뚜껑을 열고 물을 부었다. 물이 흐르기 시작하면서, 물시계의 여러 기계 장치들이 천천히 움직였다. 대신들은 눈을 동그랗게 뜨고 지켜보았다.

"이 물이 흐르면서 시간을 측정합니다. 그리고 이 종이 일정한 시간마다 울립니다."

말이 끝나기 무섭게, 종이 울리는 소리가 나기 시작했다. 마치 살아 있는 생명체처럼 움직이는 물시계는 그 정교함과 정확함으로 대신들을 놀라게 했다. 모든 대신은 그 자리에서 일어나 손뼉을 쳤다. 대신들의 환호에 장영실은 그저 머리를 숙이며 겸손한 태도를 유지했다. 그 순간 세종이 자리에서 일어섰다. 그의 얼굴에는 기쁨과 자랑스러움이 가득했다.

"장영실, 그대의 노고가 우리 조선을 더욱 빛나게 하였소. 이제 우리 백성들도 이 시간을 알게 될 것이오."

장영실은 눈물을 글썽이며 머리를 숙였다. 그에게 있어서 세종의 인정은 무엇보다 값진 것이었다. 세종은 그의 어깨를 가볍게 두드리며 말했다. 대신들의 환호에 세종은 자리에서 일어섰다. 그의 얼굴에는 기쁨과 자부심이 가득했다.

"장영실, 그대는 조선의 큰 재산이오. 그대의 발명품은 우리나라를 더욱 빛나게 할 것이오."

세종은 장영실에게 다가가 그의 어깨를 두드렸다.

"우리 조선의 장래는 밝소. 이 물시계를 모든 관청에 배치하도록 하겠소. 백성들이 시간을 알고 생활을 더욱 윤택하게 할 수 있도록 말이오."

그 소식은 곧바로 한양 도성 안에 퍼졌다. 장영실이 만든 물시계는 도성 내의 주요 관청과 시장에 설치되었고, 사람들은 물시계를 보러 몰려들었다. 남녀노소 할 것 없이 모두가 그 정교함에 감탄했다. 백성들의 놀라움과 기쁨은 이루 말할 수 없었다. 그들은 이제 시간을 정확히 알고 생활할 수 있게 된 것에 감사했다.

18. 장성발과 장영실의 만남

1441년 장영실은 세계 최초의 우량기인 측우기를 제작하였다. 그리고 하천 수위를 재는 수표를 제작하여 상호군으로 승진한다. 장영실은 성공을 만끽했다. 그의 발명품은 조선을 풍요롭게 만들었고, 그를 천대하던 이들은 이제 그를 존경의 눈으로 바라보았다. 다시는 노비라 부르는 사람도 없었다. 장영실의 이름은 조선 전역에 퍼져나갔고, 그의 업적을 칭송하는 목소리가 끊이질 않았다.

장영실에게 누군가가 만나고 싶다는 전갈이 왔다. 장성발이 한양의 한적한 거리에서 장영실을 기다리고 있었다. 장성발은 오랜 세월이 지나 다시 만날 수 있을 거라곤 생각지 못했지만, 지금, 이 순간이 현실이라는 것이 믿기지 않았다. 장영실이 그의 눈앞에 나타나자, 장성발의 가슴은 벅차올랐다. 장영실은 이제 관직에 올라 위엄이 넘치는 모습이었지만, 장성발의 눈에는 여전히 그 어린 시절의 영실이었다.

"종진아."

장성발이 떨리는 목소리로 불렀다.

"내가 너를 찾으러 왔다."

장영실은 놀란 눈으로 장성발을 바라보았다.

"어르신, 누군지 잘 모르겠습니다만…."

장성발은 가슴 깊이 한숨을 내쉬며 말했다.

"나는 너를 보호하기 위해 너의 신분을 숨겨야 했던 사람이다. 염치가 없어 보일지라도, 너를 험지로 보내고 병이 들 정도로 걱정했다."

장영실은 혼란스러워하며 물었다.

"저를 보호했다니…. 무슨 말씀을 하시는 겁니까?"

장성발은 차분히 이야기를 시작했다.

"너의 이름은 정종진이고, 아버지는 정몽주, 고려의 충신이자 뛰어난 학자이고 나의 스승님이었단다. 하지만 스승님이 돌아가시고, 너의 어머니도 돌아가신 후, 너와 형들은 뿔뿔이 흩어졌다. 너는 아주 어렸기에 그 기억이 희미할 것이다."

장영실은 충격에 빠져 눈을 크게 떴다.

장성발은 고개를 끄덕이며 말을 이었다.

"그렇다. 너의 아버지는 역적으로 몰리셨기 때문에 나는 너를 지키기 위해 신분을 숨기고 보호했다. 부산에서 네가 일할 때, 뒤에서 남모르게 도와주기도 했다. 네가 한양에 올라간 이후에는 도와줄 수 없었지만, 항상 너를 지켜보고 있었다."

장영실은 눈물을 글썽이며 말했다.

"어르신, 왜 이제야 저를 찾아오신 겁니까?"

장성발은 장영실의 손을 꼭 잡으며 말했다.

"지금이야말로 네가 진실을 알 때라고 생각했다. 이제는 네가 충분히 강해졌다고 믿었기 때문이다."

장영실은 그동안의 혼란스러웠던 기억들이 하나하나 맞춰지기 시작했다.

"그래서 제가 부산에서 일할 때, 뭔가 도와주는 손길이 있다는 느낌이 들었군요."

장성발은 미소 지으며 고개를 끄덕였다.

"네가 한양에 올라간 후에는 내가 더는 도와주지 않아도, 네가 잘해나가는 모습을 지켜보았다. 그동안 너를 도울 수 있어서 기뻤단다."

장영실은 깊은 감사를 느끼며 장성발의 손을 잡았다.

"어르신의 배려와 사랑에 감사드립니다. 이제 저는 제 아버지의 이름을 더럽히지 않게 더욱 책임감 있게 살아가겠습니다. 어르신의 도움을 받았던 사람으로서 말입니다." 장성발은 장영실의 결연한 눈빛을 바라보며 고개를 끄덕였다.

"그래, 종진아. 네가 그리해 준다면 나는 더 바랄 것이 없단다."

19. 정몽주 형제들과 만남

장성발은 장영실의 소식을 듣고 가슴 깊이 감동했다. 그는 장영실이 정몽주의 막내아들이라는 사실을 알고 있었지만, 오랜 시간 동안 그 비밀을 지켜왔다. 이제는 진실을 밝혀야 할 때라고 생각한 장성발은 정몽주의 두 아들, 정종성과 정종본에게 연락을 취했다.

　장성발의 주선으로 세 사람은 한적한 숲속의 정자에서 만났다.
　정종성과 정종본은 오랜만에 정종진을 만났다. 그들은 서로를 알아보지 못한 채 잠시 어색하게 서 있었다. 정종성의 마음속에는 한 가지 의문이 있었다. 과연 이 사람이 자기의 동생일까? 그는 오랫동안 동생을 찾기 위해 노력해 왔고, 이번에야말로 진짜 동생을 만난 것 같았다. 그러나 확신이 없었다. 그리하여 그는 조심스럽게 장영실에게 다가가 물었다.
　"혹시. 네가 내 동생이 맞느냐?"
　장영실은 그 말에 잠시 멈칫했다. 그는 자신의 정체를 숨기고 살았기에 갑작스러운 질문에 당황할 수밖에 없었다. 그러나 곧 마음을 가다듬고 정종성의 눈을 바라보며 답했다.
　"제가 정말 당신의 동생인지 어떻게 알 수 있을까요?"
　정종성은 잠시 생각에 잠겼다. 그에게는 하나의 단서가 있었다. 어린 시절 동생의 등에 있던 커다란 북두칠성 모양의 점이었다. 그 점은 아버지의 등에도 같아 식구들만 아는 내용이었다. 쉽게 잊을 수 없는 흔적이었다. 정종성은 그 단서를 떠올리며 말했다.
　"네가 정말 내 동생이라면, 네 등에는 큰 점이 있을 거다. 그 점을 보여줄 수 있겠느냐?"
　장영실은 잠시 망설였다. 그러나 진실을 밝힐 때가 왔다고 생각하고 결심을 했다. 그는 천천히 윗도리를 벗고 자신의 등을 정종성에게 보여주었다. 그곳에는 분명히 오래된 북두칠성 모양의 점이 남아 있었다. 정종성은 그 점을 보고 눈물이 고였다. 그의 의심이 확신으로 바뀌는 순간이었다.

"그래, 맞다. 너는 내 동생이다!"

정종성과 정종본은 기쁨에 차서 장영실을 끌어안았다. 형제들은 오랜 세월의 격차를 넘어 다시 만났다. 서로의 존재를 확인하며 그들은 많은 이야기를 나누었다. 장영실은 그동안의 고된 삶과 어려움을 털어놓았고, 정종성은 그를 위로하며 다시는 헤어지지 않겠다고 약속했다.

정종성은 아버지가 참살당한 뒤 이성계 일파에 의해 역적으로 몰려 동생 정종본과 함께 피신하여 숨어 지냈다. 그들은 지방에 있는 친척들의 도움으로 겨우 목숨을 이어갔다. 긴 세월이 흐른 뒤, 태종이 왕위에 오르자 정종성은 정식으로 복권되었다. 하지만 복권되었다고 해서 모든 고난이 끝난 것은 아니었다. 어느 날 정종성이 궁정에 나아갔을 때, 태종은 그를 내려다보며 냉소적으로 말했다.

"네가 정 씨의 아들인데도 내가 봐줘서 살아 있는 줄 알아라."

정종성은 왕의 폭언을 듣고도 아무 말도 할 수 없었다. 조정의 권신들 또한 정종성을 좋게 보지 않았다. 그들은 기회가 될 때마다 정종성을 괴롭히고, 심지어는 매질을 하기도 했다. 정종성은 고통 속에서도 굳건히 참아냈다. 그는 아버지의 명예를 되찾기 위해 묵묵히 참았다.

"종진아, 아버지 어머니 모두 충절을 지키다가 돌아가셨지!"

이어서 정종성이 말했다.

"부모님은 이방원에 의해 억울하게 죽임을 당하셨어. 태종 이방원이 우리 가문을 몰락시켰고, 우리는 살아남기 위해 친척에 의탁하여 신분을 숨겨야 했어."

장영실은 부모님의 죽음과 형제들의 이야기를 듣고 혼란에 빠졌다. 지금 모시고 있는 세종이 바로 부모님 원수인 이방원의 자식이라는 사실에 마음이 무거웠다. 하지만 그는 현재의 왕과 친분이 깊었고, 의형제를 맺고 있었다.

"종진아, 부모님의 원수를 갚아야 해. 우리가 이대로 있을 수는 없어." 정종본이 말했다.

"맞아. 왕은 우리 부모님을 잔인하게 죽였어. 우리는 그 복수를 해야 해. 부모님이 살아 계셨다면 너도 그렇게 하길 원하셨을 거야." 정종성도 동의했다.

"하지만 왕은 나에게 잘해주셨고, 우리는 의형제를 맺었어. 그를 배신할 수는 없어." 장영실은 한숨을 내쉬며 말했다.

"왕은 우리의 부모님을 죽인 원수야. 우리가 그의 은혜를 입었다고 해서 원수를 갚지 않는 것은 부모님에 대한 배신이야." 두 형의 설득은 계속되었다.

20. 장영실의 갈등

"어떻게 해야 하지?" 장영실은 밤새도록 고민했다.

'내가 믿고 따랐던 왕이자 친구가 나의 부모님을 죽인 원수의 자식이라니. 나는 지금 충과 효, 그 사이에서 갈팡질팡하고 있다. 효는 부모님에 대한 자식의 도리요, 충은 임금에 대한 신하의 도리라 했다.' 장영실은 무겁게 숨을 내쉬었다.

'성리학의 가르침에 따르면 군신의 관계는 하늘의 뜻과 같다. 나는 그의 신하로서 충성을 다해야 한다. 그런데 지금 나의 부모님을 잔인하게 죽인 원수의 자식이 왕이라니. 이 상황을 어찌 설명할 수 있을까? 부모님에 대한 효를 생각하면 복수를 하지 않을 수 없다. 부모님은 억울하게 죽임을 당하셨고, 그 원수를 갚아드리는 것이 자식 된 도리일 것이다. 그러나 왕은 나에게 많은 은혜를 베풀어 주셨다. 그분께서 나를 신뢰하고 아껴주신 덕에 지금의 내가 있다. 그분을 배신하는 것은 은혜를 저버리는 행위다. 하지만 부모님의 원수를 갚지 않는다면, 나는 자식 된 도리를 저버리는 것이다.' 장영실은 천천히 눈을 뜨고, 결심한 듯한 표정을 지었다.

'나는 선택의 갈림길에 서 있다. 부모님의 복수를 위해 왕을 배신할 것인가, 아니면 왕에 대한 충성을 지키기 위해 부모님의 원한을 묻어둘 것인가? 어떤 선택을 하든, 내 마음은 평온을 찾지 못할 것이다.'

부모님의 복수를 해야 한다는 생각이 머릿속을 떠나지 않았다. 며칠 밤을 새워 고민한 끝에, 정종진은 부모님의 복수를 결심했다. 그의 마음은 무거웠지만, 형들의 말이 옳다는 생각이 들었다. 그러나 동시에 세종과의 우정은 그에게 있어 무엇보다 소중했다. 부모님의 영혼을 위로하기 위해서라도 원수를 갚아야 한다는 결론에 이르렀다. 이 모순된 감정의 갈등 속에서 장영실은 끝내 복수를 결심하고 말았다.

21. 복수의 결심

장영실은 형들에게 계획을 이야기했다. 왕이 타고 다니는 가마를 고장 내어 사고로 위장하려는 계획이었다. 왕이 가장 약한 순간을 노려 치명적인 일격을 가하기로 했다. 세종이 온천여행을 가는 순간 세종이 탄 가마를 일부러 부서지게 해서 사고로 위장하는 것이다. 이 사실은 장성발에게는 말하지 않았고 정씨 형제만이 알고 있다. 정씨 형제들은 놀라운 계획이라면서 기뻐했다. 부모님의 원수를 갚을 수 있는 길이라고 생각했다. 이에 장영실이 가마를 고장 내서 사고사로 위장하기로 하였다.

새로 설계한 가마의 구조를 일꾼들에게 설명하였다. 그 가마는 장영실이 설계한 특별한 가마였다. 외관은 전통적인 나무로 만들어졌지만, 무게를 줄이기 위해 새로운 재료가 사용되었다. 장영실은 이 혁신적인 재료가 가마의 성능을 향상할 것이라 믿었다. 일반적인 가마는 가마꾼들이 손으로 들고 가는 것이지만 이 가마는 삼륜차의 구조로 앞에 하나의 바퀴가 있고 뒤에 두 개의 바퀴가 있는 구조였다. 이 중 앞바퀴와 마차와의 연결재료를 약간 느슨하게 하여 앞으로 바퀴가 부러지면서 사고가 나게 하는 것이었다.

22. 장영실의 도망갈 결심

장영실은 이미 죽음을 각오했다. 왕을 시해하는 일은 이미 역모죄로 목숨을 버려야 하는 일이었다. 장영실은 자신의 생명뿐만 아니라 사랑하는 가족의 안전도 걱정하지 않을 수 없었다. 장영실은 밤이 깊어갈 무렵, 아내 예진과 아들 훈을 불렀다. 가족은 그의 표정에서 심상치 않은 분위기를 느꼈다. 장영실은 깊은 한숨을 쉬며 입을 열었다.

"나의 목숨이 위태로워졌소. 우리가 이곳에 더 머물러 있으면 모두 위험에 처할 것이오. 나는 너희를 안전한 곳으로 보내야겠소."

예진은 남편의 말을 듣고 충격을 받았다.

"무슨 말씀이세요? 우리가 왜 떠나야 하나요? 무슨 이유가 있나요?"

장영실은 고개를 저으며 단호하게 말했다.

"지금 조정의 정세가 우리에게 안전하지 않소. 나는 가족을 지키기 위해 최선을 다할 것이오. 하지만 지금은 떠나는 것이 최고의 방법이오."

예진은 처음에는 남편의 제안을 받아들일 수 없었다. 그러나 남편의 진지한 표정과 말투에서 그의 결심이 얼마나 강한지 느낄 수 있었다. 결국, 그녀는 남편의 결정을 이해하고 받아들이기로 했다. "알겠어요, 당신의 말을 따르겠어요. 우리 아들을 위해서라도 안전한 곳으로 가야겠지요."

예진은 남편의 손을 꼭 잡고 눈물을 흘렸다.

"당신도 함께 가야 하지 않나요? 우리를 두고 어떻게 혼자 남을 수 있나요?"

장영실은 그녀의 손을 꼭 잡으며 말했다.

"나도 함께 가고 싶지만, 지금은 그럴 수 없소. 내가 남아야 너희가 안전할 수 있소. 나도 언젠가 너희를 찾아갈 것이오. 부디 나를 믿고 기다려 주오."

장영실의 부인과 아들은 영실의 말을 듣고 눈물을 흘리며 고개를 저었다. 그들은 영실을 떠나기 싫었지만, 그의 결심이 단호함을 느낄 수 있었다. 마지못해 부인은 아들을 데리고 먼 길을 떠났다.

그들은 여러 가지 어려움을 겪으며 긴 여정을 시작했다. 눈물과 걱정 속에서도 희망을 잃지 않으려 애썼다. 길 위에서 만난 험난한 길과 낯선 사람들, 피곤함과 배고픔은 그들의 인내심을 시험했다. 하지만 그들은 서로에게 의지하며 나아갔다.

마침내 그들은 일본의 쓰시마섬에 도착했다. 말도 통하지 않는 낯선 땅에서 그들은 고립감과 외로움에 시달렸다. 하지만 장영실이 돌아올 것을 믿으며 버텼다. 부인은 매일 해가 질 때마다 바닷가에 나가 남편이 돌아오기를 기다리며 기도를 올렸다. 아들도 아버지를 그리워하며 혼자서도 굳세게 생활을 이어갔다.
　쓰시마섬에서의 생활은 쉽지 않았다. 언어가 통하지 않아 의사소통이 어려웠고, 현지 사람들의 시선도 차가웠다. 하지만 그들은 서로를 격려하며 어려운 상황 속에서도 희망을 잃지 않았다. 부인은 아들을 위해 작은 밭을 가꾸며 식량을 마련하고, 아들은 그곳의 아이들과 어울리며 새로운 문화를 배웠다. 시간이 흐르면서 그들은 조금씩 그곳 생활에 적응해 나갔다. 그러나 마음 한구석에는 항상 장영실이 돌아오기를 바라는 간절한 소망이 자리 잡고 있었다. 그들은 매일 밤 가족의 재회를 꿈꾸며 잠이 들었다. 비록 지금은 떨어져 있지만, 언젠가 다시 만나 행복하게 살 날이 올 것이라고 굳게 믿었다.

23. 장영실과 세종의 대화

　1442년 3월 15일 왕이 온천여행을 가기 하루 전, 장영실은 도저히 견딜 수 없는 후회와 죄책감에 사로잡혀 그 가마를 다시 수리하기로 했다. 가마를 고친 후에 장영실은 왕에게 모든 사실을 고백했다.
　장영실의 고백을 들은 왕은 충격과 배신감에 몸을 떨었다.
　"이게 무슨 일인가, 장영실!" 왕의 고통에 찬 목소리가 장영실의 귀를 때렸다.

"전하. 모든 것이 제 잘못입니다." 장영실은 얼어붙은 채 그를 바라보았다.

"죄송합니다, 전하. 하지만 이건 저의 부모님을 위한 일이었습니다." 장영실의 눈에는 눈물이 맺혔다.

영실은 눈물을 흘리며 무릎을 꿇었다. 이 모든 일이 나의 복수심 때문에 벌어져 가장 소중한 친구를 죽게 할 수 있음을 깨달았다.

"제가 진심으로 후회합니다. 전하, 부디 제 죄를 용서해 주십시오."

왕은 고통 속에서도 장영실을 이해하려는 눈빛을 보냈다.

"너의 진심을 알겠노라. 하지만, 이 마음의 상처는 쉽게 치유되지 않을 것이다."

세종은 놀란 눈으로 장영실을 바라보았지만, 장영실의 말이 진심임을 알아차렸다. 세상에서 가장 친한 친구 사이인 서로의 차이점을 이해하고자 했다. 장영실이 정몽주의 후손이라는 점을 듣고 왕도 장영실의 마음을 듣고 용서해 주었다. 장영실은 그 자리에서 멍하니 서 있었다.

24. 가마 사고

장영실이 알지 못한 비극이 기다리고 있었다. 장영실의 부하들은 장영실이 새로 부품을 교체하라고 하여 가마의 새로운 부품을 교체하였다. 1442년 3월 16일 온천여행의 날이 다가왔고, 왕은 아무런 의심 없이 가마에 올라 길을 떠났다.

　가마는 조심스럽게 온천으로 향하던 중이었다. 길가의 나무들이 조용히 흔들리며 가마를 배웅했다. 그러나 갑자기, 가마 바퀴의 구동축에서 이상한 소리가 들렸다. 쩍, 쩍. 목재가 아니라 새로운 재료에서 나는 소리였다. 세종은 눈썹을 찌푸리며 소리의 원인을 파악하려 했다. 그리고 그 순간, 가마가 심하게 흔들리며 무너져 내렸다. 장영실이 설계한 새로운 재료는 강도를 이기지 못하고 부러졌다.

　세종은 가마에서 떨어지며 땅에 몸을 부딪쳤다. 주변에 있던 신하들은 놀라서 달려와 세종을 부축했다. 다행히 큰 부상은 아니었지만, 세종은 다소 충격을 받은 상태였다. 그 순간 장영실은 가슴이 철렁 내려앉았다. 장영실은 부하들에게 제대로 전달하지 못한 것을 후회했지만, 이미 상황은 돌이킬 수 없게 흘러가고 있었다. 혹시나 하는 불안감이 엄습해 왔다.

25. 장영실을
　　사형시키라는 상소문

　장영실이 만든 가마가 위험하여 세종이 다치는 일이 발생한 것은 충격적인 사건이었다. 궁중은 발칵 뒤집혔고, 조정의 몇몇 신하들은 이 사건을 빌미로 장영실을 제거하려는 음모를 꾸미기 시작했다.

신하 중 한 명은 긴급하게 상소문을 작성하였다.

"장영실이 만든 가마가 전하께 큰 위험을 초래했습니다. 이는 단순한 실수가 아닙니다. 이는 명백한 역모입니다."

다른 신하는 고개를 끄덕이며 덧붙였다.

"맞습니다. 장영실은 지금까지 많은 공을 세웠지만, 이번 사건은 그를 용서할 수 없는 죄인으로 만들었습니다. 사형에 처하거나 최소한 유배를 보내야 합니다."

세종은 상소문을 받아들고 깊은 생각에 잠겼다. 장영실의 공로를 잘 알고 있는 그는 이 사건이 단순한 실수가 아닌 정치적인 음모일 수 있다는 의심을 지울 수 없었다. 하지만 신하들의 압박은 거세졌다. 세종은 장영실의 운명을 결정해야 하는 어려운 순간에 직면하게 되었다.

26. 장영실과 세종의 자리 바꾸기

장영실은 가마 사고가 발생했을 때 자신이 올바른 부품으로 수리를 했음에도 불구하고 사고가 난 것에 놀랐다. 그는 자신이 모르는 정치적 세력이 개입했을 가능성을 의심했다. 어쩌면 왕을 노리는 음모가 있을지도 모른다는 생각이 머리를 스쳤다. 그러나 이는 어디까지나 추측일 뿐이었다.

"장영실을 불러라." 세종은 침착하게 명령했다. 잠시 후, 장영실이 다급히 달려왔다. 그의 얼굴에는 죄책감이 가득했다. 장영실은 이러한 불안을 품고 세종대왕 앞에 나아가 모든 잘못을 자신에게 돌리고 처벌해 달라고 요청했다. 장영실은 세종의 처소 앞에서 무릎을 꿇고 있었다. 그는 세종이 다친 것을 생각할 때마다 가슴이 찢어지는 듯한 고통을 느꼈다. 세종이 자신 때문에 다쳤다는 자책감에 사로잡혀 있었기 때문이다. 그는 세종 앞에서 고개를 숙이고 눈물을 흘리며 말했다.

"전하, 제가 잘못한 일로 인해 전하께서 다치셨으니, 저는 더는 여기 머물 자격이 없습니다. 형벌을 받고 평생 속죄하며 떠나겠습니다."

세종은 장영실의 말을 듣고 깊은 한숨을 쉬었다. 그는 장영실이 자신의 잘못을 이렇게 깊이 자책하고 있다는 것을 알고 있었지만, 그의 충성과 능력을 잃고 싶지 않았다. 세종은 장영실을 바라보며 부드럽게 말했다.

"영실아, 나는 네가 나를 떠나길 원하지 않는다. 네가 잘못을 저질렀다고 생각할 수도 있겠지만, 나는 네가 나와 함께 있어주길 바란다. 네 능력과 충성심이 나에게는 너무나 소중하다."

"전하, 제가 어떻게 감히 전하 곁에 남아 있을 수 있겠습니까? 저 때문에 전하가 다시 다치실까 두렵습니다."

세종은 장영실을 바라보며 조용히 물었다.

"그대가 말하고자 하는 바가 무엇인가?"

장영실은 잠시 망설였지만, 용기를 내어 입을 열었다.

"전하, 이것이 단순한 사고가 아닐 수도 있습니다. 누군가 전하를 해치려는 의도가 있을 수 있습니다. 저는 책임을 회피하려는 것이 아닙니다. 전하의 안전이 염려되어 말씀드리는 것입니다."

세종은 깊은 생각에 잠겼다. 장영실의 진심 어린 경고에 그는 그 가능성을 무시할 수 없었다.

"영실아, 그대의 말이 사실이라면 우리는 더욱 신중히 조사해야 할 것이오. 그대의 충성심을 믿노라."

세종은 장영실의 말을 듣고 깊은 생각에 잠겼다. 그의 말에는 일리가 있었고, 단순한 실수가 아닐 수도 있다는 생각이 들었다. 세종도 의심이 생기자 장영실과 함께 해결책을 모색했다.

두 사람은 밤에 아무도 없는 곳에서 만나 은밀히 대화를 나누며 한 가지 계획을 세웠다.

"영실, 우리가 신분을 잠시 바꾸어 보는 것은 어떻겠소?" 세종이 제안했다.

"나는 요양을 하며 안정을 찾고, 그동안 그들이 나를 노리고 있는지 알아보는 것이오."

두 사람은 서로의 고통을 이해하며 한 가지 결정을 내렸다.

"우리가 잠시 신분을 바꾸자. 그리고 3년 뒤에 모든 일이 정상이 되면 다시 돌아오마." 세종이 말했다.

"전하, 제가 어찌 그런 중책을 감당할 수 있겠습니까?" 장영실이 망설이자, 세종은 단호하게 말했다.

"너는 나의 모든 습관과 태도를 알고 있다. 나는 너를 믿는다."

장영실은 세종의 말투와 몸짓을 이미 수십 년의 생활을 통해 완벽히 익혀왔었다. 장영실은 잠시 망설였지만, 세종의 결심이 단호하다는 것을 알고 그 제안을 받아들였다.

27. 장영실의 곤장 형벌

다음 날, 발표가 있었다. 세종은 단호한 목소리로 장형 80대의 형벌을 선고했다. 장영실은 세종의 명을 받들어 침묵 속에 처벌을 감내할 준비를 했다. 장형은 태형처럼 엉덩이를 때리는 형벌인데, 태형보다 중한 죄인에게 주는 형벌이다. 장형은 회초리로 때리는 것이 아니라 굵은 나무로 만든 곤장으로 때리는 것이기 때문에 곤장형이라고도 한다. 곤장을 80대 이상 맞으면 허벅지 살이 다 터지고 뼈가 부러지기도 하는 잔인한 형벌이었다.

형벌이 집행되는 날, 조용한 마당 한쪽에 장영실이 누웠다. 곤장을 든 형리들이 주변을 둘러싸고 있었다. 세종은 창밖에서 그 장면을 바라보며 마음이 무거웠다. 장영실의 업적과 충성을 기억하며, 그에게 이런 가혹한 형벌을 내리는 것이 얼마나 힘든 결정이었는지 다시금 생각했다. 첫 번째 곤장이 장영실의 엉덩이에 내려졌다. 그는 이를 악물고 고통을 참았다. 두 번째, 세 번째, 곤장이 내려질수록 장영실의 몸은 피로 물들었다. 80대의 곤장이 모두 끝났을 때, 장영실의 허벅지 살은 터지고 뼈는 부러질 지경이었다. 형리들은 그를 조심스럽게 일으켜 세워 옮겼다.

28. 장영실과 세종의 신분 세탁

형벌이 끝난 후, 세종은 직접 장영실을 찾아가 그의 손을 잡았다. "영실아, 네가 이 고통을 감내한 것은 나와 나라를 위한 것이다. 네 충성을 잊지 않겠다." 세종의 눈에는 깊은 슬픔과 미안함이 담겨 있었다. 다만 장영실에게 형을 집행할 때 일부러 사정을 두어서 실제로 상처가 심하지는 않았다. 외부의 눈을 의식하여 소리만 크고 실제로는 덜 다치도록 하였다.

이후 두 사람은 신분을 바꾸어 살기로 했다. 장영실은 세종의 옷을 입고 그의 역할을 대신하며, 세종은 일반 양반의 신분으로 돌아가 요양하며 지내기로 했다. 장영실은 세종을 노리는 자의 미끼 역할을 하면서 조심스럽게 행동했다. 그는 세종 행세를 하며 조정에서 일어나는 일들을 주의 깊게 살폈다.

1442년 어느 날, 장영실의 큰형 정종성이 이유를 알 수 없이 사망했다. 그 뒤를 이어 1443년, 둘째 형 정종본 역시 의문의 죽음을 맞이했다. 두 형제의 죽음은 장영실에게 충격과 의문을 남겼다. 정종성은 어느 날 갑자기 쓰러져 숨을 거두었다. 그의 죽음은 누군가의 음모일까, 아니면 단순한 병이었을까? 누구도 답을 내릴 수 없었다.

형의 죽음을 애도하며 장영실은 깊은 상실감에 빠졌다. 그는 형의 죽음을 이해할 수 없었고, 그 속에 숨겨진 진실을 밝히려 했다.

그러나 정종본의 운명도 비슷했다. 정종본은 서서히 힘을 잃어갔다. 그는 조용히 중얼거렸다. "부모님의 원수를 갚지 못하고 형까지 잃었구나." 그의 눈에는 실망과 회한이 가득했다.

그의 죽음은 형과 마찬가지로 미스터리로 남았다. 두 형제의 죽음은 단순한 우연일까, 아니면 누군가의 계획된 음모였을까? 그 진실은 영원히 역사 속에 묻히고 말았다.

세종은 양반의 복장을 하고 궁을 떠났다. 그는 이제 자유로운 삶을 살기 위해 떠나는 것이었다. 그는 중얼거리며, 어둠 속으로 사라졌다. 국정에서 물러난 세종은 이 시기부터 좋은 온천에 들러 요양을 하였다. 세종은 일반인으로서의 자유를 만끽했다. 그는 평범한 일상을 보냈다.

'이렇게 자유로울 수 있다니.' 그는 생각했다.

1442년, 장영실은 세종의 첫째 아들인 세자 향(문종)에 국정을 대리청정하게 하였다. 모든 국정은 세종의 아들이 책임지고 진행하도록 하였다. 장영실은 세종의 자리에 앉아 모든 것을 익숙하게 해나갔다. 그는 세종의 일정을 따르고, 신하들과의 대화를 주도했다. 신하들은 점차 그의 지도력에 감탄하며 따랐다.

1443년, 세종이 된 장영실은 훈민정음 창제라는 위대한 업적을 이루었다. 중국어와 일본어에 능통한 장영실은 훈민정음을 만들었다. 백성들이 얼마나 한자를 몰라 고통스러워하는지 실제로 체험을 해서 이러한 일이 가능했다. 이는 조선의 미래를 밝힐 큰 성과였지만, 장영실의 건강도 악화하고 있었다. 그사이에 왕의 목숨을 노리는 시도는 없었다.

1445년, 3년 기한이 돌아왔다. 둘은 위치를 서로 바꾸었다. 세종은 일반인의 삶을 통해 많은 것을 배웠고, 장영실은 세종으로서 조선을 훌륭히 이끌었다. 두 사람은 다시 만나 원래의 자리로 돌아가기로 약속했다. 다시 만난 두 사람은 서로를 깊이 존경하며 원래의 자리로 돌아갔다.

"너의 희생과 용기에 감사한다." 세종이 말했다. 장영실은 고개를 숙이며 답했다.

"전하의 지혜와 결단에 감탄할 뿐입니다." 이렇게 두 사람은 다시 원래의 자리로 돌아가, 각자의 역할을 훌륭히 해나갔다.

1446년, 왕비 소헌왕후가 먼저 세상을 떠났다. 세종의 가슴은 찢어질 듯 아팠고, 그는 더 버틸 힘을 잃어갔다. 연이은 가족들의 죽음 이후 그의 건강은 더욱 악화하였다. 그는 자신이 얼마 남지 않았음을 감지하고, 집현전 학사들을 불러 세손(단종)의 앞날을 부탁했다. 세종은 왕비의 죽음을 계기로 불교 신앙에 깊이 빠졌다. 그는 왕비의 명복을 빌기 위하여 여러 사찰을 돌며 제를 올리고, 1만여 명에 이르는 승려들에게 공양을 베풀었다. 또한, 왕자들에게 사경을 시키며 불교의 경전을 옮기도록 하였다. 그는 내불당을 창건하여 불심을 더욱 공고히 했다. 세종과 장영실의 비밀은 끝내 아무도 알지 못했지만, 그들의 우정과 신뢰는 영원히 남았다.

29. 재회의 순간

　1445년 정종진은 가족들을 보러 쓰시마섬으로 떠났다. 장영실의 진짜 신분을 아는 형들은 이미 사망하였다. 이제 그가 정몽주의 후손임을 아는 사람은 가족들밖에 없다. 배가 쓰시마섬에 도착할 때까지 그는 가족의 안전을 기원하며 밤을 지새웠다. 정종진은 마침내 가족과 재회할 기회를 얻었다. 그는 여러 어려움을 겪었지만, 가족을 다시 만날 수 있다는 희망을 품고 쓰시마섬으로 향했다. 그곳에서 그는 변함없는 사랑과 용기로 가족과 다시 만났다.

　재회의 순간, 정종진과 예진, 훈은 서로를 껴안으며 눈물을 흘렸다. 그들은 다시 함께할 수 있다는 기쁨과 감격에 가슴이 벅찼다. 정종진은 가족과 함께 새로운 삶을 시작하며, 그동안의 고난과 역경을 이겨낸 이야기를 나누었다. 그들은 일본에서 새로운 터전을 잡고, 조용하지만 행복한 삶을 살아갔다.

　정종진은 일본 밤하늘의 별을 보며 세종과의 추억을 떠올렸다. 그 별빛 속에는 두 사람의 깊은 우정이 담겨 있었다. 세종도 마찬가지로 정종진을 떠올리며 그의 헌신과 우정을 기억했다. 그들은 비록 다른 세상에 있을지라도, 그들의 우정은 변치 않을 것이었다.

30. 정씨 집안의 복권

1447년, 세종은 과거시험에서 정몽주의 친척을 합격시키고 정몽주 일가의 복권을 위하여 힘썼다.[3]

세종은 재위 동안 충신을 우대하고, 역사적 정의를 바로 세우는 데에 큰 관심을 가졌다. 특히 정몽주의 후손들이 억울하게 역적 집안으로 몰려 고난을 겪는 것을 안타까워했다. 세종은 이들을 충신의 자손으로 우대하도록 하였다. 정몽주의 충절과 공로를 기리며, 그의 후손들이 떳떳하게 살아갈 수 있도록 조처했다.

정종진은 죽기 전에 자기의 일대기를 집필하여 자기의 화양연화 시절이던 1434년 앙부일구와 물시계를 만들던 때를 생각하면서 글을 써서 부인에게 물려주었다. 자신의 묘지는 아버지 정몽주, 어머니 영천 이씨 무덤 근처인 용인에 만들어 달라고 하였다. 정종진은 부모님의 묘 앞에 서서 말했다. "부모님, 이제 복수를 했습니다. 부디 편히 쉬세요."

---

[3] 국학진흥원은 2023년 12월 18일 조선 세종 시절인 1447년(세종 29) 문과중시 시권(과거시험 답안지) 원본 2건을 발견했다고 밝혔다. 세종 시절 문신 정종소(鄭從韶)이며 본관은 영일, 고려 말 경북 영천에 입향했다. 부친 정문예는 포은 정몽주와 팔촌 사이로 정종소를 비롯한 3명의 형제는 문과에 급제하는 등 당대 큰 명성을 얻은 집안이다.

31. 에필로그

포은 정몽주는 자신이 평생 지켜온 유교적 신념에 따라 이성계와 결별할 수밖에 없었고, 최후까지 고려 왕조를 지탱하려고 노력했다. 고려가 망하기 100일 전인 1392년 4월 4일 세상을 떠난다. 조선이 건국된 지 10년째 되는 1401년에 자신을 죽게 한 태종 이방원에 의해 학문과 충절의 인물로 공식적인 인정을 받는다. 영의정 벼슬을 추증하고 '문충(文忠)'이란 시호를 내렸다.

세종은 1439년 정몽주의 시문을 엮은 문집 『포은집(圃隱集)』을 정종성과 정종본에게 간행하도록 지시했다. 1517년(중종 12) 태학생(太學生) 등의 상서(上書)로 정몽주의 문묘에 배향될 때 묘에 비석을 세웠는데, 고려의 벼슬만을 쓰고 시호를 적지 않음으로써 두 왕조를 섬기지 않았다는 뜻을 분명히 밝히었다. 연일 정씨들은 조선에서 내린 벼슬은 인정하지 않아 조선에서 내린 정몽주의 시호는 아직도 쓰지 않는다.

『조선왕조실록』 장영실의 기록에는 정확한 생몰연대가 없다.

> "행사직(行司直) 장영실(蔣英實)은 그 아비가 본래 원(元)나라의 소주(蘇州)·항주(杭州) 사람(其父本大元蘇、杭州人)이고, 어미는 기생이었는데, 공교(工巧)한 솜씨가 보통 사람에 뛰어나므로 태종께서 보호하시었고, 나도 역시 이를 아낀다."
>
> 『세종실록』 세종 15년(1433년) 9월 16일 3번째 기사

"영실(英實)은 동래현(東萊縣) 관노(官奴)인데, 성품이 정교(精巧)하여 항상 궐내의 공장(工匠) 일을 맡았었다."

『세종실록』 세종 16년(1434) 7월 1일 4번째 기사

 아산과 장영실의 관계성은 『동국여지승람』에서 "장영실은 아산의 명신이다."라는 단 한 줄의 기록만이 있으며, 이 기록이 그의 본관을 지칭하는 것인지는 학술적으로 고증된 바 없다.
 현재 아산시에는 종중에서 조성한 장영실의 묘가 있으나 시신이 안장되어 있지 않은 허묘이다. 아산 장씨 사이에 전해져 내려오는 일화에 따르면 장영실의 아버지는 『세종실록』의 기록과 다르게 원나라 출신이 아니며, 아산 장씨 8세손인 장성휘의 아들이라고 한다. 장영실의 아버지 세대는 5형제 5전판서 장성길(蔣成吉), 장성발(成發), 장성휘(成暉), 장성미(成美), 장성유(成裕)로 유명한 영남 출신의 고려 명문이었다가 고려-조선 변천기에 급격히 몰락한 집안이며, 아버지 세대가 조선의 건국을 반대하던 중 이방원을 위시한 인사에 의해 숙청당하고, 장영실의 어머니가 관노가 되었다는 추리를 한다.
 장영실의 초상화는 남아 있지 않다. 세종의 어진은 1950년 6.25 전쟁으로 불타서 현재 지폐와 일반에서 사용되는 세종의 어진은 작가의 상상으로 그린 그림이다. 실제 장영실과 세종의 얼굴은 아무도 알 수 없다.

신수전
神獸傳

1. 프롤로그

경북 청송의 작은 마을에서 오랜 세월 버려졌던 폐가가 새 생명을 얻었다. 지역 정부의 새로운 사업으로 옛 기와집을 보수하고, 이를 일반인에게 대여하면서 사람들은 옛날 집을 체험하며 살게 되었다. 이 과정에서 놀라운 발견이 이어졌다. 낡은 서가에서 먼지에 덮인 책들이 모습을 드러낸 것이다. 이 중 조선 시대의 민담과 설화를 모아 놓은 『신수전』이라는 책이 있었다. 이 책은 한문과 언문이 혼합되어 있었으며, 민담 속의 다양한 신수(神獸)들과 그들이 펼치는 이야기가 담겨 있었다. 고전 문학 연구자들에게 이 책은 큰 흥미를 끌었다. 훼손된 페이지를 복원하고 번역하는 과정은 길고도 험난했지만, 그들은 마침내 『신수전』의 숨겨진 이야기를 세상에 알릴 수 있게 되었다.

2. 고구려 수호신의 탄생

고구려 시대에 4명의 수호신이 있었다. 그들은 남쪽의 주작, 북쪽의 현무, 동쪽의 청룡, 서쪽의 백호였다. 이 네 수호신은 고구려의 하늘과 땅을 수호하며 평화를 유지하는 중요한 역할을 맡고 있었다. 그들은 서로 깊은 우정을 나누며, 고구려의 백성을 위해 온 힘을 다해 싸웠다. 이들은 고구려 왕을 보필하면서 고구려를 충성스럽게 지켰다.

주작은 붉은색의 화려한 공작과도 같은 모습으로 하늘을 날았고, 북쪽의 현무는 검은색의 거북이로 용의 형상을 함께 갖추고 있었다. 청룡은 푸른 용의 모습으로 동쪽 하늘을 누비며, 백호는 하얀 호랑이의 모습으로 서쪽의 대지를 지키고 있었다. 이들은 언제나 함께하며 고구려의 평화와 번영을 위해 힘썼다.

어느 날, 고구려의 왕이 세상을 떠났다. 왕의 죽음은 온 나라에 큰 슬픔을 안겼고, 왕의 무덤을 화려하게 꾸미기 위해 많은 준비가 이루어졌다. 당시 고구려에는 왕이 죽으면 그를 지키기 위해 충직한 신하나 수호신들도 함께 순장하는 풍습이 있었다. 왕의 무덤을 지키기 위해 네 수호신도 함께 순장되기로 결정되었다.

그러나 왕의 딸, 고구려의 공주는 이 결정을 받아들일 수 없었다. 그녀는 네 수호신이 고구려를 지키는 데 얼마나 중요한 존재인지를 알고 있었다.

"아버지의 무덤을 지키기 위해 수호신을 희생시키는 것은 옳지 않습니다." 공주는 강하게 주장했다.

"그들은 고구려를 지키는 존재입니다. 그들의 존재는 고구려의 평화와 안녕을 유지하는 데 필수적입니다."

하지만 왕실의 고위 신하들은 공주의 말을 받아들이기 어려웠다. 전통은 전통이었고, 그것을 거스르는 것은 대단히 어려운 일이었다. 공주는 절망스러웠다. 그녀는 어떻게든 수호신들을 지켜야 했다.

그러던 중, 공주는 한 가지 생각을 해냈다. 그녀는 왕의 무덤을 화려한 벽화로 꾸미는 것을 제안했다.

"네 수호신을 무덤에 묻는 대신, 그들의 모습을 벽화로 남기면 어떨까요? 그리하여 아버지께서도 그들의 보호를 받을 수 있고, 수호신들은 여전히 고구려를 지킬 수 있을 것입니다."

이 제안은 처음에는 의심을 받았지만, 공주의 진심 어린 설득 끝에 신하들도 동의하게 되었다. 그리고 공주의 명에 따라 최고의 예술가들이 모여 네 수호신의 모습을 벽에 그리기 시작했다. 벽화는 놀라운 작품이 되었다. 붉은 주작, 검은 현무, 푸른 청룡, 하얀 백호가 생동감 있게 그려졌고, 그들의 강력한 기운이 벽을 통해 느껴졌다.

무덤 벽화의 첫 부분은 동쪽의 청룡이었다. 청룡은 널방 입구인 남쪽을 향해 왼쪽 앞발을 크게 내저으며 하강하는 모습으로 그려졌다. 가느다란 목과 굵은 몸통, 계단 꼴을 이루면서도 유연하게 뻗어 나간 꼬리, 뒤로 뻗은 네 다리가 서로 어우러져 청룡의 자태를 자연스러우면서도 힘 있게 만들어 주었다.

다음은 북쪽의 현무였다. 현무는 뱀이 거북을 감은 형상으로 거북이와 뱀이 마주 보면서 서쪽을 향해 나아가는 모습이었다. 마주 보는 위치에서 비스듬히 허공을 쳐다보는 거북과 뱀의 크게 벌린 아가리에서는 불꽃 같은 기운이 뿜어 나왔다. 거북이 자아낸 운동감과 뱀이 이루어 낸 탄력성이 잘 어우러져 역동적인 현무를 만들고 있었다.

널방 입구를 사이에 두고 암수 주작이 마주 보는 모습도 벽에 그려졌다. 널방 입구 주변은 넝쿨무늬로 장식되었으며, 부릅뜬 눈, 원형에 가깝게 활짝 편 날개와 반원 꼴로 크고 힘있게 말려 올라간 세 갈래 꽁지깃 등이 주작을 거세고 힘 있는 존재로 보이게 했다. 두 주작 모두가 화려한 인동 앞에 싸인 연봉오리를 부리에 한 줄기씩 물고 있었다.

마지막으로 그려진 백호는 서쪽을 관장하는 수호신이었다. 백호는 청룡과 짝을 이루어 나쁜 기운을 물리치는 벽사의 수호신으로 인식됐다. 백호는 남쪽 널방 입구를 향해 포효하며 내딛는 모습으로 환상적으로 표현되었다. 기본자세와 태도는 맞은편 청룡과 거의 같았지만, 목에서 몸통으로 이어지는 선이 가파르고, 세밀한 세부 묘사를 생략한 몸통 표현, 상대적으로 가늘어

보이는 네 다리의 묘사가 백호 나름의 분위기를 만들어 냈다.

공주의 지시에 따라, 예술가들은 무덤의 벽에 이 네 신수를 정성스럽게 그렸다. 벽화는 선왕의 무덤을 마치 살아 있는 듯 생동감 있게 만들었다. 청룡의 힘찬 움직임, 현무의 역동적인 형상, 주작의 화려한 자태, 백호의 강력한 포효가 각각의 벽에 그려져 있었다. 무덤의 천장은 해와 달, 별자리로 장식되어, 고구려의 하늘과 땅을 모두 아우르는 느낌을 주었다. 또한, 상서로운 동물들과 연꽃이 무덤 내부를 장식하여, 무덤이 단순한 안식처가 아닌 내세를 이루는 공간으로 완성되었다.

벽화가 완성되자, 무덤은 마치 살아 있는 신수들의 보호를 받는 것처럼 느껴졌다. 이 무덤은 고구려 백성들에게 큰 위안과 자부심을 주었다. 왕의 무덤은 이제 네 수호신의 보호를 받으며, 왕실과 백성 모두에게 큰 안도감을 주었다. 수호신들은 더는 무덤 속에 갇히지 않고, 고구려의 하늘과 땅을 계속해서 지킬 수 있었다.

3. 주인의 죽음에
충격을 받은 신수

고구려의 마지막 왕이 죽고, 그들의 영토는 이웃 나라에 의해 점령되었다. 고구려의 백성들은 흩어지고, 그들의 문화와 역사는 점차 잊혀갔다. 그동안 고구려를 지키던 네 수호신, 주작, 현무, 청룡, 백호는 다시는 그들의 역할을 할 수 없게 되었다. 그들은 왕과 백성들을 지키는 사명이 사라지자, 자신들의 운명을 고민하기 시작했다.

청룡, 백호, 현무, 주작은 고구려의 멸망 앞에서 각자의 길을 가기로 했다. 그러나 그 결정은 쉽지 않았다. 그들은 오랜 시간 동안 함께 싸우고 지켜왔기에, 서로를 떠난다는 것은 고통스러운 일이었다.

청룡은 가장 먼저 결정을 내렸다.

"나는 더는 지킬 것이 없으니 하늘로 올라가겠다. 구름 속에서 영원히 살아가며, 때때로 비와 바람을 일으켜 우리의 존재를 기억하게 하겠다." 청룡은 길고 푸른 몸을 휘감으며 하늘로 올라갔다. 그의 모습은 점점 작아져 구름 속으로 사라졌다.

백호는 조용히 고개를 끄덕였다.

"나는 북쪽으로, 시베리아로 떠나겠다. 그곳에서 새로운 삶을 시작하며, 호랑이로서의 나를 찾겠다." 백호는 마지막으로 동료들에게 인사를 나눈 후, 북쪽을 향해 힘차게 발걸음을 내디뎠다. 그의 모습도 점차 보이지 않게 되었다.

현무는 고개를 떨구며 말했다.

"나는 남쪽의 한강으로 향하겠다. 검은색 거북이의 모습으로 그곳에서 조용히 살아가겠다." 현무는 무겁게 몸을 돌려 남쪽으로 향했다. 그의 등껍질은 마치 세월의 무게를 짊어진 듯 무겁게 보였다.

마지막으로 남은 주작은 고민에 빠졌다.

"나는 인간 세상으로 내려가 백로가 되어 살아가겠다. 그곳에서 우리의 이야기를 전하며, 우리 존재를 잊지 않게 하겠다." 주작은 아름다운 붉은 깃털을 펼치며 하늘로 날아올랐다. 얼마 지나지 않아, 그의 모습은 하얀 백로로 변해 인간 세상으로 내려갔다.

세월이 흘러, 청룡은 하늘의 구름 속에서 살아가며, 가끔 비와 바람을 일으켰다. 사람들은 비가 내릴 때면 청룡의 존재를 떠올렸다. 백호는 시베리아의 깊은 숲속에서 호랑이로서의 삶을 살아갔다. 그곳에서 그는 자연 일부가 되었고, 사람들은 그를 전설 속의 백호로 기억했다. 현무는 한강의 깊은 물속에서 조용히 살아갔다. 검은 거북이의 모습으로 물속을 헤엄치며, 때때로 사람들에게 모습을 드러냈다. 사람들은 그를 신령스러운 존재로 여겼다. 주작은 백로가 되어 인간 세상에서 살았다. 그는 가끔 사람들 앞에 나타나, 고구려의 옛이야기를 전하며 그들의 기억 속에 남았다.

4. 고려 시대 현무와 백로

고려 시대, 사람들은 학과 두루미를 애완동물로 기르는 것을 좋아했다. 그러나 거북이를 애완동물로 기르는 사람은 드물었다. 정시승이라는 선비가 있었다. 그는 학문에 몰두하며 조용한 삶을 살고 있었다. 어느 날, 그는 집 앞 호수에서 다친 검은색 거북이를 발견했다. 정시승은 거북이를 집으로 데려와 정성껏 치료해 주었다. 그 거북이는 사실, 고구려의 수호신이었던 현무였다. 정시승은 그 거북이를 '흑구'라 불렀다.

흑구는 정시승 집에서 평온하게 지냈다. 정시승은 흑구에게 매일 신선한 물과 먹이를 주며 돌보았고, 흑구는 그런 정시승에게 깊은 신뢰와 애정을 느꼈다. 흑구는 호수에서 수영을 즐기며, 마치 자신이 원래 있어야 할 자리로 돌아온 듯한 평온함을 느꼈다.

한편, 또 다른 이야기 속에는 포은 정몽주의 어머니인 영천 이씨가 있었다. 영천 이씨는 임신 중 꿈을 꾸었다. 그녀는 아름다운 난초 화분을 안고 있다가 갑자기 떨어뜨리고 놀라서 깨어났다. 이 꿈을 잊지 못한 그녀는 아들이 태어나자 이름을 '몽란(夢蘭)'이라 지었다. 태어난 아이는 남달랐다. 그의 어깨 위에는 북두칠성처럼 검은 점 일곱 개가 선명하게 펼쳐져 있었다.

그 이후 아들을 키우면서 그녀는 어느 날 집 앞에서 떨어진 알을 하나 발견했다. 영천 이씨는 그 알을 정성껏 돌보며 포란했고, 얼마 후 백로 새끼가 태어났다. 백로는 영천 이씨를 어미로 생각하며 그녀의 곁을 떠나지 않고 지냈다. 그녀는 이 백로를 '백학'이라 불렀다.

백학은 영천 이씨의 정원에서 자라며, 언제나 그녀의 곁을 지켰다. 백학이 자라는 곳 옆에는 왜가리와 까치들이 함께 살았고, 백학은 그들과도 사이좋게 지냈다. 하지만 어느 날, 까치들이 산란기를 맞아 매우 공격적으로 변했다. 영천 이씨가 정원을 지나가던 중, 까치들이 그녀를 침입자로 여기고 무자비하게 공격하기 시작했다.

그 순간 백학은 어미를 보호하기 위해 목숨을 걸고 까치들과 싸웠다. 백학은 큰 날개를 펼쳐 까치들을 쫓아내며, 여러 번 공격을 받았지만, 끝까지 포기하지 않았다. 결국, 까치들은 백학의 용기에 두려움을 느끼고 물러났다. 영천 이씨는 백학을 품에 안고 눈물을 흘리며 고마워했다.

흑구와 백학은 각자의 주인에게 많은 사랑을 받았다. 그들은 서로 친구가 되어, 종종 정원에서 함께 놀곤 했다. 흑구는 호수에서 수영을 즐기며, 백학은 그 옆에서 춤을 추듯 날갯짓하며 흑구를 지켜보았다. 그들은 함께 시간을 보내며, 서로의 존재를 소중히 여겼다.

정시승과 영천 이씨는 서로의 이야기를 듣고, 두 동물의 우정에 감동하였다. 그들은 흑구와 백학의 이야기를 후대에 전하고자 그림을 그리기로 했다. 정시승은 거북이와 학을 기념하기 위해 흑구와 백학을 모델로 그림을 그렸다.

영천 이씨의 아들, 정몽주는 '군학십장생도(群鶴十長生圖)'를 그렸다. 이 그림은 해, 구름, 산, 물, 바위, 학, 사슴, 거북, 소나무, 불로초 등으로 이루어져 있었다. 백학과 흑구도 그림 속에 생생하게 그려졌다. 산과 바위, 소나무와 구름, 바다 등으로 주요 배경이 되었고, 학과 사슴들이 놀고 있는 선경의 모습으로 환상적인 분위기가 묘사되었다. 정몽주의 섬세한 붓끝에서 백학과 흑구의 모습은 마치 살아 움직이는 듯했다. 백학은 하늘을 날며,

흑구는 물속을 헤엄치며 서로를 바라보았다. 그들의 우정은 그림 속에서 영원히 빛났다. 그림을 완성한 후, 정몽주는 어머니와 정시승 앞에서 그 의미를 설명했다.

"이 그림은 단순히 백학과 흑구의 모습을 담은 것이 아닙니다. 이것은 우리 가족과 친구들의 우정을 기념하고, 그 소중함을 잊지 않기 위해 그린 것입니다."

고려 시대 말, 영천 이씨는 아들 정몽주가 여러 정치적 상황으로 어려운 시기를 겪고 있는 것을 알았다. 정몽주는 고려의 충신으로, 그의 명성은 널리 알려져 있었지만, 그만큼 많은 적도 있었다. 영천 이씨는 아들이 무사히 이 시기를 견디길 바라며, 시조를 지어 교훈을 전하고자 했다. 어느 날, 영천 이씨는 정몽주를 불러 앉히고 말했다.

"몽주야, 너의 길이 험난할지라도, 언제나 너 자신을 잃지 말아야 한다. 내가 너에게 시조 한 편을 지어주마."

그녀는 깊은 목소리로 시조를 읊기 시작했다.

"가마귀 빠호는 골에 白鷺(백로)야 가지 마라

(까마귀 싸우는 골짜기에 백로야 가지 마라)

성낸 가마귀 흰빗츨 새올셰라

(성낸 까마귀 흰빛을 샘낼세라)

淸江(청강)에 잇것 시슨 몸을 더러일가 ᄒ노라

(맑은 물에 기껏 씻은 몸을 더럽힐까 하노라)"

정몽주는 어머니의 시조를 들으며 마음속 깊이 새겼다. 그는 어머니가 전하고자 하는 메시지를 이해했다. 어머니는 그에게 깨끗하고 고귀한 마음을 지키라는 뜻을 전하고 있었다.

정몽주는 집으로 돌아와 정원의 백학을 바라보았다. 백학은 순백의 깃털을 자랑하며, 정원의 맑은 연못에서 평화롭게 지내고 있었다. 정몽주는 백학을 보며 어머니의 시조를 떠올렸다.

"맑은 물에 기껏 씻은 몸을 더럽힐까 하노라"라는 구절이 그의 마음에 깊이 와닿았다.

정몽주는 백학에게 다가가 조용히 말했다.

"백학이, 너는 언제나 깨끗하고 고결하구나. 나도 너처럼 어떤 어려움에도 나 자신을 잃지 않도록 해야겠어." 그는 백학을 어루만지며 마음가짐을 다잡았다.

그 후로 정몽주는 정치적 어려움 속에서도 흔들리지 않고, 자신의 신념을 지켜나갔다. 그는 어머니의 교훈을 가슴에 품고, 늘 백학을 떠올리며 깨끗한 마음을 유지했다. 그의 주변에는 수많은 까마귀가 있었지만, 그는 그들과 다투지 않고 자신의 길을 걸어갔다.

5. 조선 시대 현무와 백로

고려 시대가 저물어 갈 즈음, 정시승과 영천 이씨는 나이가 들어 세상을 떠나게 되었다. 그들은 평생을 성실하게 살았고, 동물 친구들을 진심으로 사랑해 주었다. 그러나 이제 흑구와 백학은 주인을 잃고 깊은 슬픔에 잠겼다. 주인과의 이별은 두 친구에게 큰 상처를 남겼다. 하지만 흑구와 백학은 오래 슬퍼만 할 수 없었다. 그들은 새로운 여정을 떠나기로 했다.

"우리, 한양으로 가보는 건 어떨까?" 백학이 제안했다.

흑구는 고개를 끄덕이며 동의했다.

"좋아, 새로운 곳에서 우리의 우정을 다시 이어가자."

두 친구는 짐을 챙겨 서울로 향했다. 그들은 오래된 기억과 함께 새로운 시작을 꿈꾸며 길을 떠났다.

한양에 도착한 흑구와 백학은 청송 심씨 집안의 아름다운 정원에 이끌렸다. 그곳에서 심씨 집안의 어여쁜 딸이 이들을 발견하고 따뜻하게 보살펴 주었다. 심씨 집안의 딸은 흑구와 백학을 정성껏 돌보았다. 그녀의 사랑과 배려 속에서 흑구와 백학은 다시 한번 행복을 느끼며 지냈다.

그러던 중, 심씨 집안의 딸은 충녕대군과 결혼하게 되었다. 그녀는 곧 세자빈이 되었고, 이후에는 왕비의 자리에 올랐다. 그녀가 바로 소헌왕후였다. 처음에는 행복으로 가득 차 있었다. 남편의 즉위와 함께 왕후의 자리에 오르며 많은 이들의 축복을 받았다. 그러나 행복은 오래가지 않았다.

외척의 발호를 지나치게 염려한 시아버지 태종은 소헌왕후의 아버지 심온에게 역모죄를 뒤집어씌웠다. 심온은 자결을 강요받았고, 소헌왕후는 큰 슬픔에 빠졌다. 아버지가 역모로 돌아가신 후, 소헌왕후의 처가는 멸문지경에 몰렸다. 그녀는 속수무책으로 슬픔을 견뎌야 했다.

그때 흑구와 백학이 그녀의 곁을 지켰다. 흑구는 소헌왕후의 발치에서 조용히 앉아 있었고, 백학은 그녀의 곁에서 부드러운 깃털로 위로했다.

'역적의 딸'이라는 비난과 함께 소헌왕후를 중전의 자리에서 쫓아내야 한다는 상소가 빗발쳤다. 그러나 소헌왕후는 가슴이 찢어지는 아픔을 꾹 참으며 살아갔다. 그녀는 흑구와 백학의 존재에 큰 위안을 얻었다. 그들은 그녀의 슬픔을 이해하고, 언제나 그녀의 곁을 지키며 힘이 되어주었다.

시간이 지나면서 소헌왕후는 점차 자신의 운명을 받아들이고, 고통을 이겨낼 힘을 찾았다. 그녀는 아버지의 억울한 죽음을 가슴속에 간직하며, 그가 남긴 가르침을 되새겼다. 흑구와 백학은 그녀의 곁을 떠나지 않고, 늘 함께하며 그녀의 힘이 되어주었다.

어느 날, 소헌왕후는 흑구와 백학을 바라보며 말했다.

"너희들은 나에게 큰 위로가 되었단다. 나의 아버지께서도 너희들의 존재를 알았다면 얼마나 기뻐하셨을까."

흑구와 백학은 그녀의 말을 이해하는 듯 조용히 그녀를 응시했다. 그들은 말로 표현할 수 없지만, 마음으로 그녀를 위로하고 있었다. 소헌왕후는 그들의 따뜻한 눈빛에서 큰 힘을 얻었다.

소헌왕후는 왕후의 자리에 있으면서도, 마음 한구석에는 늘 아버지에 대한 그리움과 미안함이 있었다. 그러나 그녀는 흑구와 백학의 존재 덕분에 그 고통을 이겨낼 수 있었다. 그들은 그녀의 곁에서 언제나 함께하며, 그녀를 지켜주었다.

6. 두 신수의 마지막 임무

소헌왕후 심씨는 왕비로서 수많은 고난과 시련을 겪었다. 그녀는 시아버지 태종의 주도로 아버지 심온이 처형당하고 어머니는 관비로 전락했다가 나중에 사위인 세종의 도움으로 복권된 뒤 세상을 떠났다.

소헌왕후는 그동안 세 자식을 잃고, 특히 성장한 자녀들이 먼저 세상을 떠나는 슬픔을 겪었다. 첫째 아이인 정소공주가 30대가 되던 해에 세상을 떠났고, 50대가 되던 해에는 어머니 안씨, 5남 광평대군, 7남 평원대군이 차례로 세상을 떠났다. 이 잇따른 비극은 소헌왕후의 건강을 크게 해쳤고, 결국 그녀도 세상을 떠나게 되었다.

소헌왕후가 힘들 때마다 그녀의 곁에는 두 특별한 존재가 있었다. 바로 흑구와 백학이었다. 흑구는 검은 거북이로 변신한 옛 고구려의 수호신 현무였고, 백학은 흰 학의 모습으로 변신한 백로였다. 이들은 주인의 곁에서 슬픔을 함께 나누며 그녀를 위로했다. 흑구는 그녀의 발치에서 언제나 묵묵히 앉아 있었고, 백학은 그녀의 옆에서 부드러운 깃털로 위로를 전했다. 두 동물 친구들은 주인의 깊은 슬픔을 함께 나누며, 그녀가 조금이라도 위안을 찾을 수 있도록 노력했다.

소헌왕후가 죽은 뒤, 흑구와 백학은 새로운 결심을 했다. 그들은 소헌왕후의 자손들을 보호하기 위해 다시 태어나기로 했다.

흑구는 해치로, 백학은 봉황으로 다시 태어나 각각 경복궁과 창덕궁에서 새로운 임무를 수행하기로 했다.

　흑구는 해치로 변신하여 경복궁의 입구를 지키게 되었다. 해치는 전설 속의 신수로, 불의를 저지르는 자를 가려내고 재앙을 막는 역할을 했다. 경복궁의 입구를 지키며 해치는 날카로운 눈빛으로 궁궐을 바라보았다. 그는 나쁜 기운이 궁궐 안으로 들어오는 것을 막기 위해 항상 경계했다. 사람들은 해치의 위엄과 용맹함에 감탄하며, 그 앞을 지날 때마다 고개를 숙였다.

　해치는 언제나 주인을 보호하고자 했고, 그들을 위해 충실히 임무를 수행했다. 해치는 궁궐 안팎에서 일어나는 일들을 세심하게 살폈고, 위험이 닥칠 때마다 즉시 행동에 나섰다. 그의 날카로운 이빨과 강한 발톱은 궁궐의 적들에게 두려움을 주었고, 해치의 존재는 궁궐의 평화를 유지하는 데 큰 역할을 했다.

　한편, 백학은 봉황으로 변신하여 창덕궁의 인정전 천장에 자리 잡았다. 봉황은 평화와 번영의 상징으로, 그의 아름다운 모습은 궁궐을 찾는 모든 이들에게 희망을 전해주었다. 봉황은 하늘 높이 날아다니며, 궁궐 안팎을 지켜보았다. 왕비가 있는 곳이라면 어디든 나타나 그녀를 지키고, 위험이 닥칠 때마다 신호를 보냈다. 백학은 주인의 자손들을 보호하며, 그들이 안전하게 성장할 수 있도록 도왔다.

　봉황은 그 화려한 깃털로 궁궐을 비추며, 그곳에 평화와 조화를 가져다주었다. 사람들은 봉황의 아름다움과 고귀함에 경탄하며, 그를 신성한 존재로 여겼다. 봉황은 하늘에서 궁궐을 내려다보며, 언제나 경계심을 늦추지 않았다.

해치와 봉황은 각각 경복궁과 창덕궁에서 자신들의 임무를 수행하며, 소헌왕후와의 약속을 지켰다. 그들은 영원히 주인의 자손들을 보호하고, 궁궐의 평화를 지키는 데 헌신했다. 그들의 우정과 헌신은 끝이 없었고, 그들은 언제나 함께였다.

세월이 흐르며, 해치와 봉황의 전설은 후대에도 전해졌다. 사람들은 그들의 용맹함과 헌신을 기억하며, 해치와 봉황의 이야기는 조선의 역사 속에서 영원히 빛나는 전설로 남았다.

7. 에필로그

세월이 흐른 지금, 청계천에는 한 마리의 백로가 자유롭게 살고 있다. 이 백로가 주작과 봉황의 후손인 '백학'의 후예일지도 모른다. 백로는 맑은 물에서 자유롭게 날아다니며 여전히 사람들의 마음속에 살아 있다.

Zoo Zürich

1. 스위스 취리히 동물원

취리히 동물원은 한가로웠다. 5월 초, 봄이 절정에 이른 시기였다. 취리히 호수, 오래된 옛 건물 그리고 취리히 동물원의 정문이 보였다. 맑은 하늘과 구름, 그리고 멀리 보이는 알프스산맥이 펼쳐진 늦은 오후였다. 동물원 안에 동물들이 숲과 나무, 풀 속에서 한가롭게 거닐고 있었다. 관람객은 동물들과 직접 마주치지 않고 트램을 타고 동물을 구경했다. 코카시안 인종의 어린아이 두 명을 포함한 4인 가족이 타고 있었다. 트램에서 여유롭게 외부 숲속을 보며 이야기를 나누었다.

"아빠, 동물들은 어디 있어요?" 첫째 아이가 물었다.

"지금 낮이라 숲속에서 자고 있어." 아빠가 다정하게 대답했다.

"난 사자가 보고 싶어요!" 둘째 아이가 소리쳤다.

"난 사자 말고 호랑이가 보고 싶어요!" 첫째 아이가 더 크게 소리쳤다.

"사자랑 호랑이는 낮에 자고 밤에 돌아다녀요." 엄마가 다독이며 말했다.

"일어나라고 깨우면 되잖아요." 둘째 아이가 아쉬워하는 표정으로 말했다.

"사자랑 호랑이도 사람들에게 보이고 싶지 않다고 해. 아마 운이 좋으면 자는 모습을 볼 수 있을 거야. 지금은 조용히 자라고 내버려두자." 아빠는 다독이면서 말했다.

아이들은 아쉬운 듯 고개를 끄덕였다. 관람객은 여유롭고 한가로이 동물과 자연이 하나가 된 모습을 바라보며 동물원 센터 정문을 지나 취리히 호수 쪽으로 천천히 이동했다.

2. 스위스 La Réserve Eden au Lac Zurich
(라 리저브 에덴 아우 라크 취리히 호텔) 그랜드볼룸

La Réserve Eden au Lac Zurich 호텔은 취리히의 호숫가 바로 앞에 있다. 1909년에 지어진 유서 깊은 호텔이다. 호텔은 취리히 동물원에서 자동차로 10분 거리에 있다. 그랜드볼룸에서 취리히 동물원 기부금 전달식과 축하 파티가 열렸다. 커다란 샹들리에 여러 개가 찬란한 빛을 반짝이고, 메인 무대 옆에 오케스트라가 곡을 연주했다. 배경 음악으로 바흐의 칸타타 147번, '예수 인간의 소망과 기쁨(Jesu, Joy of Man's Desiring)'이 울려 퍼졌다. 연미복과 파티 드레스를 입은 사람들이 삼삼오오 모여 이야기를 나누며 파티를 즐기고 있었다. 독일과 스위스의 정치인, 경제인, 예술가, 각국 대사, 대학교 교수 등 유명 인사들이 서로 인사를 나누고 있었다. 강당 앞자리 무대 마이크 뒤에는 귄터 폰 뷜러(Günther von Bülow)의 기부금 전달식 대형 현수막과 꽃다발이 있었다.

사회자가 말했다.

"오늘의 가장 중요한 주인공인 클라우스 폰 뷜러(Claus von Bülow) 교수를 소개해 드리도록 하겠습니다. 클라우스 교수는 다들 잘 아시는 귄터 폰 뷜러 백작의 아드님이십니다. 귄터 폰 뷜러 백작은 과거 유명한 피아니스트이자 지휘자로 활동하셨습니다. 올해는 서거하신 지 약 20년이 됩니다. 그 아들이신 프라이부르크 대학의 클라우스 폰 뷜러 교수님이 취리히 동물원에 아버지를 기념하면서 자그마치 2,000만 유로(약 268억 원)의 기부를 하시게 되었습니다. 모두 큰 박수로 환영해 주시기 바랍니다."

주위 사람들은 손뼉을 치며 클라우스를 바라보았다. 이때 키는 178cm 정도의 어깨가 떡 벌어진 체격이 건장한 아시아계 청년이 노부인과 함께 무대로 나섰다. 주위 사람들은 동양인이 올라오자 수군거렸다. 약간 의아한 분위기였다. 클라우스 교수와 레나 폰 뷜러(Lena von Bülow) 교수가 무대로 올라가자 취리히 동물원의 원장인 알렉스 류벨 박사가 악수를 청했다.

"기부금 전달식을 시작하기에 앞서 취리히 동물원의 원장이신 알렉스 류벨 박사께서 감사의 말씀을 전하도록 하겠습니다." 사회자가 말했다. 알렉스 류벨 동물원장이 감사의 인사를 시작했다. "잘 아시는 것처럼 취리히 동물원은 환경친화적인 동물원, 동물복지가 살아 있는 동물원으로 세계적으로 유명합니다. 특히 우리 동물원은 사람들이 재미로 동물을 관람하는 것이 아닌, 동물이 주체가 되어서 동물도 사람을 피할 권리를 가진, 즉 인간의 구경거리가 아닌 동물 스스로 자존심이 넘치는 동물원을 만들고 있습니다. 돌아가신 귄터 폰 뷜러 백작님께서도 우리 동물원에 많은 관심이 있었습니다. 오늘 클라우스 교수님께서 귄터 백작님이 남긴 유산 중에 대부분인 2,000만 유로를 기부하게 되었습니다. 모두 감사 박수 부탁드립니다!"

사람들은 금액에 놀라서 소리를 내거나 손뼉을 크게 쳤다. "귄터 백작님의 이름을 딴 기부금은 동물복지를 위해 사용될 것입니다. 클라우스 교수님은 우리 동물원의 동물복지법 자문위원도 같이 하고 있습니다. 우리 모두 큰 박수로 클라우스 교수님을 환영해 주시기 바랍니다. 더불어 클라우스 교수의 어머님이신 레나 뷜러 프라이부르크 대학 명예교수님도 같이 자리에 오셨습니다. 모두 큰 감사 박수 부탁드립니다."

클라우스와 레나가 자리에서 일어나 류벨과 악수를 하고

2,000만 유로의 증서가 크게 인쇄된 증서를 들고서 기념촬영을 했다. 여기저기서 사진 플래시가 터지고 웅성거림과 박수 소리가 가득했다.

"아들이 아시안 사람이네." 파티 참석자가 시큰둥한 표정으로 말했다.

"아아! 입양했다는 것 같아." 다른 파티 참석자가 대답했다.

"유명한 귄터가 많은 재산을 엉뚱한 사람에게 물려주었군." 또 다른 참석자가 안타까운 말투로 말했다.

"엄마랑 같은 프라이부르크 대학에서 교수를 하고 있다네." 사람들이 수군거렸다.

"그러면 클라우스 폰 뷜러 교수가 말씀하시도록 하겠습니다." 사회자가 분위기를 정돈하면서 진행을 했다.

클라우스가 마이크 앞으로 나섰다.

"안녕하십니까. 제가 오늘 이 자리에 있게 된 것은 모두 돌아가신 아버지 덕분입니다. 제가 처음 취리히 동물원에 구경 왔을 때 저는 황량한 벌판에 떨어진 외로운 신세였습니다. 동물원에 있는 동물들을 저와 같이 먼 곳에서 온 불쌍한 존재로 생각했습니다. 마치 저와 같은 운명이라고 생각했습니다. 그러다 넓은 숲, 깨끗한 자연, 맑은 물 그리고 신선한 공기를 느끼며 많은 것이 달라졌습니다. 이 동물원에서 행복하게 사는 동물들을 보고 자라면서 아버지와 함께한 시간은 모든 것이 행복했습니다. 아버지는 돌아가시기 전에 우리 독일에는 바흐, 베토벤이 남긴 아름다운 음악이 있다고 했습니다. 이러한 것들이 바로 행복의 원천이고 음악은 우리 모두의 기쁨이라고 말씀하시곤 했습니다. 아! 여기는 독일이 아니라 스위스군요." 모두가 웃음을 터뜨렸다.

"제가 자란 집은 취리히 동물원에서 자동차로 1시간 반 거리입니다. 그래서 저는 어린 시절에 부모님과 함께 자주 올 수 있었습니다. 이 동물원에 올 때마다 아버지 생각이 많이 듭니다. 이 동물원은 인간의 재미만을 위한 것이 아닌 바로 동물들 그 자체의 삶을 위한 것이라고 할 수 있습니다. 그것이 바로 제가 동물복지와 동물 보호법을 전공하게 된 하나의 이유입니다. 또한, 제 어머니에게도 감사의 인사를 드립니다. 저를 사랑으로 길러주시고 마음으로 키워주신 어머님께 감사드립니다. 저는 아버지가 남기신 유산으로 이 동물원이 더 좋은 동물들의 쉼터가 되기를 바라는 마음에서 2,000만 유로를 기부합니다. 앞으로 더 많은 사람의 동물과 자연을 사랑하는 마음이 커졌으면 좋겠습니다. 감사드립니다." 모두 큰 박수와 환호를 보냈다.

"다음으로 프라이부르크 대학 명예교수님이신 레나 뷜러 교수님께서 짧게 소감을 말씀하시겠습니다."

레나 교수가 자리에서 일어나 사람들을 바라보며 말했다.

"사실 오늘 이 자리는 감개무량한 자리입니다. 저희가 사랑으로 기른 아들이 이렇게 다른 사람에게 사랑을 베풀어 주어 가슴이 벅찹니다. 저도 프라이부르크 대학에 가르친 바가 있고 아들도 일해서 자랑스럽고 오늘 이 자리에 함께한 모든 분께 감사의 인사를 전합니다. 감사합니다." 짧고 간단한 말이었지만 진심이 담긴 따뜻한 말에 모두 손뼉을 쳤다. 기부금 전달식은 이렇게 클라우스 폰 뵐러의 연설과 함께 성황리에 마무리되었다. 사람들은 서로 담소를 나누며 화기애애한 분위기 속에서 저녁을 즐겼다.

3. 남부 독일, 소박한 산장

스위스 취리히 호수에서 자동차로 2시간 거리인 남부 독일 산속에 있는 소박한 산장이다. 산장 안에는 난로가 타오르고 있었다. 저녁이 지나고 밤이 깊어지는 시간이었다. 클라우스가 산장 거실에서 피아노를 치고 있었다. 피아노곡은 베토벤 소나타 14번 '월광'이다.

"오늘 정말 멋진 연설이었어, 클라우스."

"어머니 덕분이에요. 사실 많이 긴장했어요."

"그래도 네가 얼마나 많은 사람에게 감동을 줬는지 모른단다. 아버지도 분명히 자랑스러워하실 거야." 레나가 미소 지으며 말했다.

"아버지가 그립네요." 클라우스가 잠시 연주를 멈추고 깊은 한숨을 쉬었다.

"나도 그렇단다. 하지만 네가 이렇게 아버지의 뜻을 이어가고 있으니 아버지도 기뻐하실 거야." 레나가 피아노 곁에 앉아 클라우스의 어깨를 두드렸다.

클라우스가 다시 피아노를 치기 시작했다. 베토벤의 음악이 산장 안에 울려 퍼졌다. 산장의 창문 밖에는 밝은 달빛이 비치고, 산장의 조용한 밤은 피아노 선율과 함께 평화롭게 흘러갔다. 산장의 고요한 밤 속에서 피아노를 연주하며 서로의 추억과 감정을 나누었다. 둘은 난로 앞에서 따뜻한 차를 마시며 밤이 깊어가는 소리를 들었다. 산장 밖에서는 산들바람이 불고, 취리히의 아름다운 자연이 고요히 잠들어 있었다.

4. 1970년대 서울

과거 1940년대 서울에는 명월관(明月館)을 비롯하여 국일관(國一館)·송죽관(松竹館) 등이 있었다. 정치가·기업인·상인들이 주로 출입하였다. 요정에는 권번(券番) 출신 기생이 한복을 입고 창(唱)·잡가·노랫가락 등을 가야금병창으로 부르거나, 검무·북춤 등을 추면서 주흥을 돋우었다. 1970년대 말, 서울의 서대문구에 있는 99칸짜리 기와집으로 요정 영업을 하고 있다. 전통 가옥에서 풍악 소리와 사람들의 웃음소리가 가득하다. 가야금 소리와 판소리가 집 안 곳곳에서 울려 퍼진다. 정문을 지나 문간방, 행랑채, 본채, 사랑채를 지나면 정원 속 작은 연못 뒤 구석진 방이 있다. 방 안에는 창호지로 된 문과 작은 창문이 있다. 전등은 꺼져 있고, 창문으로 달빛이 은은하게 들어온다. 방의 윗목 위에는 요강이 있고, 아랫목에는 이불이 깔렸다. 어린 아기가 혼자 먹을 수 있는 우유 젖병, 웨하스 과자, 장난감이 어지럽게 널브러져 있다.

어린 아기는 기저귀 천으로 쓰는 기다란 하얀색 광목으로 한쪽 다리가 묶여 있다. 천 길이는 방을 돌아다닐 수 있을 정도의 길이로 자개장의 아래 다리에 묶여 있다. 아이는 혼자 놀다 젖병을 물고 잠들어 있다. 살짝 조심스레 창호 문을 열고 들어오는 여자가 있다. 단아한 파란 하늘색 한복을 입고 머리는 쪽머리에 비녀를 꽂고 있다. 소리가 들리자 아이가 눈을 뜬다. 자다 깬 눈이 초롱초롱 빛나면서 좋아서 방긋 웃는다.

"우리 아가, 밥은 먹었어? 엄마가 맛있는 거 챙겨 왔어. 이거 먹자." 향림이 흐뭇해하면서 말했다. 아기는 무척 좋아하며 허겁지겁 고기전과 떡을 먹기 시작했다. 그때 아이가 웃으며 놀자고 조르기 시작했다.

"안돼, 아가야. 오늘은 소리 내지 말고 조용히 있어야 해. 얌전히 있으면 나중에 엄마가 놀아줄게." 향림은 아이를 안아주며 고기 먹는 모습을 바라봤다.

"천천히 많이 먹어. 난 우리 아가가 제일 소중해." 그녀는 사랑스러운 말투로 말했다. 방 안에서 '섬집 아기'의 노래를 부르며 아이를 다독이면서 잠을 재운다.

"엄마가 섬 그늘에 굴 따러 가면
아기가 혼자 남아 집을 보다가
바다가 불러주는 자장노래에
팔 베고 스르르 잠이 듭니다"

바깥에서 부르는 소리가 들렸다. 향림은 황급히 나가야 했다. 가야금 소리와 노랫소리가 들려왔다. 아이는 혼자 남아 남은 전을 맥없이 천천히 먹었다. 멀리서 노래하는 소리가 들리자 아이는 귀를 쫑긋 세우고 어둠 속에서 소리를 듣다 스르륵 잠이 들었다.

향림의 목소리이다. 판소리 춘향가 중 '쑥대머리'가 들린다.

"쑥대머리 귀신 형용 적막 옥방의 찬 자리여
생각나는 것은 님뿐이라 보고지고
보고지고 보고지고
손가락 피를 내어 사정으로 님을 찾아볼까?
간장의 썩은 눈물로 님의 화상을 그려볼까?"

5. 1980년대 초, 서울시에 있는 한국대학교 법대

독일에서 온 30대 중반의 레나 뷜러 교수가 특별 강연을 하였다. 청중들은 주로 대학교수와 대학원생들이었다. 사회자가 청중들에게 인사하며 말했다.

"여러분, 오늘 한국대 법대에 특별히 강의하러 오신 독일 프라이부르크 대학의 레나 뷜러 교수님을 소개해 드리겠습니다. 교수님은 인권법의 전문가로, 특히 한국의 입양 현실에 관심이 많으십니다. 인권법과 입양법에 관하여 많은 것을 배울 특별한 기회입니다. 박수로 맞아주시면 감사하겠습니다. 오늘 강의는 영어로 진행되며, 통역 없이 레나 교수님께서 영어로 말씀해 주시겠습니다."

레나는 강연을 시작했다.

"안녕하세요. 독일에서 온 레나입니다. 이런 소중한 기회를 마련해 주신 한국대학교 법과대학 정상수 학장님, 독일 프라이부르크 대학에서 같이 공부한 신동만 교수님께도 감사드립니다. 오늘의 주제는 인권과 입양, 고아 수출에 관한 문제를 설명하도록 하겠습니다." 청중들은 레나의 영어 강의를 한국어로 번역해 내용을 듣고 있었다. 강연은 중반을 지나 결론 부분에 이르렀다.

"여러분이 알다시피 대한민국의 현재 상황은 인권이 보호받지 못하고 있습니다. 중요한 건 정치적인 자유나 민주주의 문제뿐만이 아니라 아이들의 인권도 존중받지 못하고 있습니다. 태어나면서부터 부모의 얼굴을 보지도 못하고, 부모의 사랑을 한 번도 받아보지도 못한 채 곧바로 해외로 입양되는 아이들이 많습니다. 현재 아이들이 입양되고 있는 현실은 아이의 복지라는 인간적인 측면보다는 부모의 이기심이나 돈 때문에 팔려 간다고도 볼 수 있습니다. 아이들은 팔려나가는 물건이 아니라 인간으로 존중받아야 합니다. 이 아이들은 우리가 모두 지켜야 할 소중한 인간이며 인류 공동의 문제입니다." 레나는 청중들을 향해 시선을 두며 말했다. 사람들은 고개를 끄덕였다. 레나는 말을 이어갔다.

"앞으로 법조인이 되어서 자유와 평등을 지킬 판사나 검사가 되실 분들이니 이 마음을 꼭 가지시고 여러분이 입양에 관심을 가지기를 바랍니다. 한국의 아이, 독일 아이뿐만 아니라 전 세계 모든 아이가 동등하고 평등하게 하나의 인간으로서 존중받을 수 있도록 해주시면 감사하겠습니다. 강의를 마치도록 하겠습니다. 감사합니다." 일동 기립 박수가 터져 나왔다.

레나는 고개를 숙여 감사의 인사를 했다. 그녀는 한국대 법대 학장과 다른 교수들과 함께 법대 학장실로 이동했다. 학장실에는 차가 준비되어 있었다. 탁자를 중심으로 레나 교수와 한국대 법대 교수들이 앉아 이야기를 나누기 시작했다.

"우리 한국까지 찾아와 주셔서 감사합니다. 오늘 좋은 말씀도 감사합니다. 신동만 교수하고는 독일에서 같이 공부하신 것인가요?" 정상수 학장이 말했다.

"예. 제가 한국의 입양 문제에 관심이 있어서 몇 번 한국 상황을 물어보고 도움을 많이 받았습니다." 레나 교수는 미소를 지으며 대답했다.

"오히려 한국 유학생인 제가 독일 생활에 더 많은 도움을 받았습니다." 신동만 교수는 겸손하게 말했다.

"그런 인연으로 우리 한국까지 찾아와 주셨군요." 정상수 학장은 고개를 끄덕이며 말했다.

"나이도 젊으신데 교수가 일찍 되셨군요. 혹시 결혼은 하셨나요?" 문홍석 교수가 질문했다.

"교수님, 서양 사람에게 그런 것 물어보면 실례입니다만…."

신동만 교수는 헛기침하며 조심스럽게 말했다.

"괜찮습니다. 저도 한국에 와서 그런 질문 자주 받았습니다. 나라마다 문화가 다르고 관습도 다르니 다 이해합니다." 레나 교수는 미소를 지으며 말했다.

"아이고, 이런 죄송합니다." 문홍석 교수는 당황하며 말했다.

"저는 지금 피아노를 연주하는 사람과 같이 살고 있어요. 아직 아이는 없고요. 남편도 연주 여행으로 바쁘고 저도 연구하느라 바쁘네요. 다만 제 이상을 실천하기 위해서 이번에 한국을 방문한 김에 한국 아이를 입양하고 싶습니다." 레나 교수는 침착하게 말했다.

"아이고! 정말 훌륭하신 생각입니다. 부끄럽습니다. 한국의 아이를 잘 돌보아 주시기 바랍니다." 정상수 학장은 감동하며 말했다. 대화를 마치고 일동 악수하며 헤어졌다.

6. 1980년대 초, 서울 마포구 난지도 쓰레기 매립장 옆 양지 고아원

난지도(蘭芝島)는 억새와 수풀이 우거진 아름다운 섬이었지만 도시개발로 인해 늘어난 쓰레기를 처리하기 위해 쓰레기 매립장으로 사용되었다. 연탄 쓰레기, 생활 폐기물, 음식물 쓰레기, 산업 폐기물이 커다란 산을 이루며 쌓여 있다. 수많은 쓰레기 덤

프차가 왔다 갔다 하며 비포장도로에는 진동이 오고 도로에는 흙먼지가 자욱하다. 쓰레기가 버려진 곳에서 쓸만한 물건을 찾는 사람들이 수십 명 있었다. 커다란 쓰레기 산에서 마스크도 없이 맨손으로 보물찾기하듯 버린 물건을 주워 담고 있었다. 음식물 썩는 냄새, 동물 사체 썩는 냄새가 진동했다. 메탄가스도 스멀스멀 올라왔다.

난지도 옆 작은 언덕에 있는 양지 고아원에 레나 교수가 통역사와 함께 방문했다. 고아원 원장인 정경숙이 반갑게 맞이했다. 작은 사무실에서 원장, 통역사, 레나 교수가 이야기를 나눴다.

"안녕하세요. 먼 곳까지 오시느라 고생하셨습니다. 여기에는 젖먹이부터 13세까지 200명이 넘는 아이들이 있어요." 경숙이 반갑게 말했다.

"안녕하세요. 독일에서 온 레나라고 합니다."

"어떻게 여기까지 오시게 됐나요?"

"제가 이번에 한국 아이를 입양하고 싶어서 찾아오게 되었습니다."

"눈에 넣어도 아프지 않은 아주 사랑스러운 아이들입니다. 마음속에는 다들 친부모가 자기를 찾아올 것이라고 기대하고 있어요. 하지만 양부모들이 입양을 위해 아이를 보러 고아원을 방문할 때마다 너무나 마음이 아픕니다."

"무엇 때문인지요?"

"아이들은 새로운 부모를 찾는 애들도 있지만 선택받지 못하고 구석에서 가만히 앉아 있는 애들도 많아요. 여러 번 선택받지 못한 아이들은 희망을 잃고 주눅이 들어 살아요." 정경숙 원장은 안으로 안내하며 말했다.

"한번 아이들 있는 곳으로 가보시겠어요? 학교에 다니는 아이들은 지금 다 학교에 간 상태입니다. 취학 전 아이들만 있어요. 신발을 벗고 들어오세요."

레나는 구두를 어색하게 벗고 커다란 강당 같은 방으로 들어갔다. 방 안에는 많은 아이가 모여 놀고 있었다. 레나가 방에 들어가자마자 엄청나게 많은 아이가 서로 경쟁하면서 레나를 향해 달려왔다. 급히 오다가 넘어지는 아이도 있었다. 다들 예쁘게 보이고 귀엽게 보이려고 미소를 짓고 있었다. 겨우 걸음마를 하는 아이들도 레나를 향해 다가왔다. 레나는 서글픈 미소를 지었다.

가장 먼저 다섯 살 된 지수가 레나를 보자마자 달려가 안겼다. "엄마! 저 여기 있어요!" 지수의 목소리에는 간절함이 묻어났다. 레나는 놀라면서도 미소를 지으며 지수를 안아주었다.

뒤이어 네 살 된 동수와 세 살 된 하은이도 그녀의 다리에 매달렸다.

"저도 데려가세요!" 동수는 큰 눈을 깜박이며 말했다.

"저도, 저도요!" 하은이는 손을 흔들며 귀여운 표정을 지었다.

레나는 그들의 모습을 보며 눈시울이 붉어졌다. 아이들의 순수하고 사랑스러운 모습이 그녀의 마음을 깊이 울렸다. 그녀는 아이들을 하나씩 안아주며 따뜻한 눈빛으로 그들을 바라보았다.

레나는 아이들에게 둘러싸여 눈에 눈물이 맺혔다. 그는 아이들을 한 명 한 명 바라보며 눈시울을 적셨다. 수많은 아이의 손을 바라보고 만져주며 안아주었다. 그때 맨 구석에서 조용히 서 있는 네다섯 살가량의 남자아이가 보였다. 그 아이는 눈을 초롱초롱하게 뜨고 있지만 다가오지 않고 지켜만 보고 있었다. 2시간 이상 아이들을 안아주던 레나와 원장은 강당을 나와 사무실로 이동하며 대화를 나눴다. 아이들은 떨어지지 않으려고 매달렸지만, 원장과 다른 선생님들이 아이들을 달래면서 돌려보냈다.

"아까 구석에서 조용히 눈을 뜨고 바라보는 아이는 누구인가요?"

"준식이 말씀하시는군요. 양부모들은 나이가 어린 여자아이를 선호해요. 나이가 많은 남자아이를 잘 데려가지 않습니다. 남자아이들은 나중에 상속 문제도 생기고 키우기도 어렵다고 생각하거든요. 그래서 남자아이들은 선택받지 못해 거의 구석에 앉아 있어요."

"이름이 준식인가요?"

"원래 이름도 모르고 출생연월일도 모른답니다. 고아원에서 지어준 이름이고요. 서울역 근처 서대문구 염천교에서 발견되었어요. 온 지 얼마 되지 않았어요. 와서는 말도 거의 안 하고 다른 사람들과 잘 어울리지도 못해요."

"저 아이의 눈이 모든 것을 말해주고 있어요. 사자의 발톱은 숨길 수가 없는 법이죠." 레나 교수는 준식이의 눈을 떠올리며 말했다.

"보통은 아이를 잘 키워달라는 쪽지와 이름과 태어난 일시와 사주팔자도 같이 적어주는 경우가 많아요. 모두 다 애절한 사연들이지요. 그런데 준영이는 아이가 어디서 자랐는지 모르겠지만, 말을 많이 못 배워서 이야기를 듣는 것은 할 수 있지만, 표현은 잘 못한답니다."

"말을 할 수 없나요?"

"처음 와서 할 줄 아는 말은 '엄마', '배고파요.' '놀아주세요.' 하는 정도였어요. 어떤 사람들은 말 못 하는 농아라고 생각하는 사람도 있었답니다. 하지만 음악 소리 듣는 것을 좋아하고 밤에 가끔 깜짝 놀라는 때도 있어요."

"부모의 흔적 없이 발견되었나요?"

"하얀색 비단 손수건이 아이 손목에 묶여 있었어요. 비단 손수건에는 파란 나비가 자유롭게 꽃 위를 날아다니는 모양이 수놓아져 있었어요. 하지만 그것 말고 아무것도 없어요. 아마 무슨 급작스러운 일이 있었을 거라는 생각만 하고 있답니다."

"파란 나비요?"

"파란 나비의 말뜻이 발견하는 사람에게 갑작스러운 행운을 주고 소원을 이뤄준다는 것도 있어요. 아마 준식이를 데려가서 잘 키워달라는 뜻이 아닐지 생각한답니다. 만약 관심 있으시면 준영이를 데려올게요."

원장은 겁먹은 준식이의 손을 잡고 천천히 사무실로 들어왔다. 레나는 눈시울을 적시며 준식이의 손을 꽉 잡아주었다. 준식이는 손을 뿌리치며 구석으로 숨었다.

7. 1980년대 초, 김포공항, 서울-파리행 KAL 보잉 747 비행기

대한항공의 서울-파리 직항이 생긴 지 얼마 안 되어 1주일에 1회 운항하고 있었다. 파리 도착 후 루프트한자 항공을 이용하여 독일 뮌헨으로 향하는 일정이다. 레나와 어린 클라우스는 수속을 마치고 대한항공 비행기에 탑승했다. 준식은 이름을 클라우스로 개명했다. 비행기는 대부분 서양인이 타고 있었다. 한국 사람들은 양복 입은 신사들만 가끔 앉아 있었다. 클라우스와 레나는 비즈니스석 자리에 앉았다. 창가 좌석에 클라우스가 앉고, 복도 쪽 자리에 레나가 앉았다. 클라우스는 모든 것이 낯설어 기죽어 자리에 가만히 있었다.

"손님 여러분! 탑승을 환영합니다! 자리에 앉아 계시면 비행기 이륙 전에 음료수를 가져다 드리겠습니다." 승무원이 밝은 미소로 인사했다.

"음료는 어떤 것으로 하시겠습니까? 꼬마 손님은 무엇을 드릴까요?"

"저는 탄산수 주시고, 제 아들 클라우스는 탄산 없는 물로 주세요. 제 아들 클라우스라는 이름은 '승리의 인도자'라는 뜻이에요."

"예, 알겠습니다. 아드님을 위해 과자라도 같이 드릴까요?"

"예, 그렇게 해주세요. 감사합니다."

클라우스는 비행기 창가에서 물끄러미 외부를 바라보며 조용히 웅크려 잠이 들었다. 비행기는 김포공항을 이륙하여 파리로 향했다.

8. 1980년대 초, 독일 남쪽 국경과 가까운 곳에 있는 귄터의 집

레나의 집은 라인강과 가까우며 슈바르츠발트로 불리는 삼림지대 근처의 바로크 양식 저택으로, 2층으로 되어 있다. 저택 대문을 지나면 양쪽으로 꽃이 가득한 오솔길이 이어지며, 길 끝에 저택의 웅장한 입구가 있고 넓은 정원이 펼쳐져 있다. 정원 옆에는 작은 호수도 있고, 백조와 오리 등 새들이 살고 있었다. 정원에는 정원사로 보이는 사람들이 열심히 정원에 물을 주고 수풀을 가꾸고 있었다. 저택 1층 로비를 지나 2층의 중앙에는 커다란 창문과 벽난로가 있는 거실이 있었다. 따뜻한 햇볕이 거실 창을 통하여 거실을 비추고 있었다. 거실 안의 중앙에는 검은색 스타인웨이 그랜드 피아노가 놓여 있었다.

귄터, 레나, 클라우스가 의자에 앉아 있었다. 귄터는 큰 키에 몸은 상대적으로 말라 있었다. 피아노 연주와 지휘자로 활동하면서 유럽 각지로 연주하러 다녀 약간 피곤한 기색이 있었다. 귄터는 이번에 새로 산 8mm 가정용 영사기 카메라로 클라우스를 찍고 있었다.

"이번에 새로 산 촬영 카메라야. 촬영해 줄게. 다들 웃어봐."
어린 클라우스는 레나 옆으로 서 있다가 부끄러워 숨었다. 레나는 부드럽게 웃으며 클라우스를 안고 있었다. 귄터는 그러한 모습을 필름에 담았다. 그는 좋아하면서 행복하게 웃었다.

"클라우스는 아직 독일어를 잘하지 못하지만 이제 우리를 편하게 생각하는 것 같아."

"맞아요. 가끔 보면 독일어도 알아듣는 것 같아요." 레나가 사랑스러운 눈길로 클라우스를 보며 말했다.

어린 클라우스는 피아노에 다가가 피아노 하얀 건반을 한번 살짝 눌러봤다. 소리가 나자 흠칫 놀란 클라우스. 그때 부드러운 표정으로 레나가 손가락 하나하나를 집어 들며 피아노를 눌러주었다. 클라우스가 관심을 보이며 편안해하자 귄터가 피아노 앞에 가며 카메라를 레나에게 주고 피아노를 치기 시작했다.

"클라우스야. 들어봐." 귄터가 행복한 표정으로 연주했다.

귄터는 그랜드 피아노 앞에 앉아 모차르트 '작은 별 변주곡'을 연주했다. 레나가 연주하는 귄터와 피아노 건반과 소리에 집중하는 클라우스를 촬영했다.

며칠이 지난 후, 클라우스의 집 거실. 어린 클라우스가 오른손으로 모차르트 '작은 별 변주곡'을 연주하고 있었다. 악보도 없이 소리를 외워서 흉내를 내며 치고 있었다. 모든 음정이 맞지는 않지만 박자는 비슷하게 맞았다. 틀리는 음을 치기도 했다. 레나는 소리를 듣고 흥분해서 조용히 귄터를 불렀다.

"귄터! 클라우스가 혼자 피아노를 치고 있어요."

"알아, 나도 들었어. 음은 살짝 다르지만 잘 치고 있어."

"말은 아직 잘하지 못하지만, 음악을 듣는 귀는 있어요. 아마 소리로 세상을 보는 것 같아요. 절대음감인가요? 클라우스가 우리 집에 온 것이 정말 행운인가 봐요."

귄터와 레나는 서로 마주 보며 말없이 조용히 클라우스의 피아노 소리를 들으며 행복해했다.

9. 취리히 동물원

몇 개월 뒤, 클라우스 가족은 취리히 동물원을 방문했다. 취리히 동물원은 클라우스의 집에서 차로 1시간 반 정도의 거리에 있었다. 취리히 동물원은 1929년에 개장하여 300종의 동물이 있었다. 취리히 호수를 지나 숲속에 자리 잡고 있었다. 구름 한 점 없는 맑은 하늘에 가끔 뭉게구름이 지나갔다. 새소리와 동물 소리가 들렸고 고요했다.

고아원에서 자란 클라우스는 늘 고아원의 담벼락 너머 세상이 궁금했다. 바깥세상은 그에게 낯설고도 신비한 곳이었다. 차를 타고 도착한 동물원은 클라우스에게 꿈만 같은 곳이었다. 입구를 지나자마자 그가 본 것은 거대한 코끼리였다. 코끼리가 긴 코를 휘두르며 풀을 먹는 모습을 본 클라우스는 입을 다물지 못했다.

"Wow! Elefant! Da drüben ist ein Elefant(와우! 코끼리! 저기 코끼리가 있어요)." 클라우스는 환호성을 질렀다. 클라우스는 신나서 코끼리 앞으로 달려갔다. 한참을 구경하다 바로 옆에 있는 사육장으로 신나서 뛰어갔다. 클라우스의 손을 잡고 다양한 동물들을 구경시켜 주었다. 얼룩말의 줄무늬, 기린의 긴 목, 사자의 갈기, 그리고 펭귄의 귀여운 걸음걸이까지 모든 것이 클라우스에는 새로운 세계였다. 그는 동물들의 움직임 하나하나에 눈을 떼지 못했다.

점심시간이 되어 가족은 동물원 안에 있는 피크닉 공간에 자리를 잡았다. 치즈와 햄이 들어간 독일식 브뢰첸 샌드위치를 먹었다. 도시락을 먹으며, 클라우스는 오늘 본 동물들에 관해 이야기했다.

"엄마, 아빠, 오늘 정말 최고의 날이에요! 이렇게 많은 동물을 본 건 처음이에요!" 클라우스의 얼굴에는 행복한 미소가 가득했다.

"클라우스가 독일에 와서 오늘이 제일 행복해 보여요." 레나가 말했다.

"맞아. 나도 그렇게 생각해. 동물을 좋아하는 줄은 몰랐어. 자주 데리고 와야겠어." 귄터가 대답했다.

"클라우스도 아마 자기가 다른 사람들과 다르게 생긴 것을 아는 것 같아요. 말을 안 해서 그렇지. 그러다 동물을 만나니 좋은가 봐요." 레나가 생각에 잠기며 말했다.

"사실 나도 걱정이 조금 되기는 해. 당신이야 걱정이 없지만. 주위 사람들이 말은 안 해도 우리를 걱정하기도 해." 귄터가 조심스럽게 말했다.

"남들이 신경 쓰는 것을 무얼 걱정해요? 우리는 우리의 삶이 있고 클라우스도 클라우스의 삶이 있어요. 어떤 일이 있든 클라우스는 내가 지킬 거에요." 레나가 강한 의지를 보이며 말했다.

그날 저녁, 집으로 돌아온 클라우스는 동물원에서의 하루를 떠올리며 잠들었다. 처음으로 경험한 바깥세상은 그의 마음에 큰 기쁨을 남겼다. 클라우스는 엄마의 품에서 편안하게 잠이 들었다. 새로운 삶이 시작되었고, 이 가족은 서로의 사랑으로 하나가 되었다.

10. 독일 초등학교

몇 년 후, 클라우스는 그룬트슐레 4학년(초등학교 4학년)이 되었다. 레나는 클라우스에게 한국어를 가르쳐 줄 선생님을 모시려 했다. 클라우스는 이미 영어, 프랑스어를 배우고 있었지만, 한국어 선생님을 만나기 싫어했다.

"클라우스, 너도 한국어를 배워보는 것이 어떻겠니?"

"나는 독일 사람인데 왜 한국어를 배워야 하죠?" 클라우스는 불만스럽게 대답했다.

"한국은 네가 태어난 고향이기 때문이지."

"내가 태어난 곳의 언어를 왜 배워야 해요? 가지도 않을 곳을.

나는 아무런 기억이 없어요. 엄마 아빠만 있으면 돼요. 나는 별로 배우고 싶지 않아요." 클라우스는 단호했다.

"괴테(Goethe)가 말한 것이 있어. 'Wer fremde Sprachen nicht kennt, weiβ nichts von seiner eigenen(외국어를 모르는 자는 모국어도 제대로 알지 못한다).' 나는 너한테 모국어가 한국어가 아니라 독일어라고 생각해. 그런데 한국어를 알면 독일어도 더 잘 알 수 있어." 레나는 잠시 생각하다가 말했다.

"내가 한국어를 잘하면 다시 한국으로 버리실 것인가요?" 클라우스는 약간 흔들리며 물었다.

"아니야. 너는 내 사랑스러운 아이야. 엄마는 끝까지 언제나 같이 있을 것이란다." 레나는 클라우스를 안아주며 말했다.

"진짜요?" 클라우스는 눈을 반짝이며 물었다.

"당연하지. 클라우스는 나에게 신의 선물인걸. 그렇지만, 클라우스 네가 독일 사람인 것은 맞지만, 한국은 네가 태어난 곳이고 네가 잠깐이라도 산 곳이야. 네가 그걸 부정한다고 더 독일 사람이 되는 것은 아니야. 그리고 너는 언제나 나의 사랑스러운 아들이고."

"고마워요, 엄마. 나도 사랑해요."

"모든 것은 네가 자유롭게 결정할 수 있어." 레나가 말했다.

클라우스는 자기 방으로 들어가 곰곰이 생각에 잠겼다.

11. 독일 중학교

클라우스는 독일의 김나지움 7학년(한국 중학교 1학년 정도)에 입학한 첫해, 새로운 환경에 대한 기대와 설렘으로 가득 차 있었다. 하지만 학교생활은 그의 기대와는 다르게 흘러갔다. 그는 동양인이라는 이유로 친구들로부터 차별을 받기 시작했다. 첫 수업이 끝난 후, 클라우스는 교실을 나서며 몇몇 백인 학생들의 시선을 느꼈다. 그들은 속닥거리며 웃고 있었고, 클라우스가 다가가자 조용해졌다. 그중 한 명인 프리츠가 말했다.

"여기서 뭐 하는 거야? 네 나라로 돌아가." 클라우스는 당황스러웠지만 무시하고 지나가려고 했다.

하지만 다음 날, 체육 시간에 상황은 더 나빠졌다. 축구 게임에서 클라우스는 팀원들에게 패스를 받지 못했고, 볼을 잡으면 바로 빼앗겼다. 프리츠는 일부러 클라우스를 넘어뜨리며 비웃었다.

"너희 동양인들은 운동도 못하잖아."

클라우스는 몸과 마음에 모두 상처를 받았다. 그는 집으로 돌아와 눈물을 흘렸다.

자전거를 타고 온 클라우스의 얼굴에는 멍이 들어 있었고 옷에는 흙먼지가 묻어 있었으며 머리는 산발이 되어 있었다. 집에 아무렇지도 않은듯한 모습으로 들어오자, 레나는 깜짝 놀라 다가가서 클라우스를 안아주었다. 클라우스는 아무렇지도 않은 듯 담담했다.

"클라우스!! 어디 다친 곳이 있는지 말해줄 수 있겠니? 아픈 곳은 없어?"

"아무 일도 없었어요." 클라우스는 고개를 떨구며 대답했다.

"혹시 친구들이 너를 괴롭힌 것이니?" 레나가 물었다.

"괜찮아. 말 안 해도 돼." 레나는 잠시 침묵하다가 말했다.

"너, 우리 집안 가문의 문장이 무엇인지 기억나니? 사자 두 마리가 분수를 마주 보고 있고, 분수 위의 월계수 나무에서 하프를 연주하는 두 명의 천사가 있단다. 가문의 문장은 사자야. 우리 집안 사람은 차라리 다른 사람의 목덜미를 물더라도 절대 적들에게 등을 보이지 않아. 네가 힘없이 맞고 오기보다는 당당하게 맞서고 와."

"엄마, 나도 사자 집안의 후손인가요?" 클라우스는 레나의 말을 되새기며 물었다.

"당연하지. 비록 엄마는 다른 집안에서 왔지만, 뷜러 가문에 온 이상 사자의 후손이지. 너도 그렇고." 레나는 단호하게 말했다.

"하지만 나는 다른 곳에서 태어났잖아요?"

"아니야! 너는 우리 집에서 자라는 순간부터 사자가 된 거야. 네가 어디서 왔건 너에게는 사자의 피와 용기가 흐르고 있어." 레나가 강하게 말했다.

"하지만 나는 힘이 없잖아요?"

"힘은 단순한 폭력이 아니야. 법이 우리의 권리를 지켜줄 수 있어. 법은 우리의 권리를 지키고 힘없고 약한 자들을 지켜줄 수 있어. 권리 위에 잠자는 자는 보호받지 못해. 네가 정당하게 너의 몫을 주장해야 법도 너의 권리를 지켜주는 것이야." 레나가 설명했다.

"나도 엄마처럼 법을 배우면 약한 것들을 지켜줄 수 있나요?" 클라우스는 결심한 듯 물었다.

"그래. 클라우스. 울지 말고. 우리 집안 남자들은 절대 울지 않는단다." 레나는 클라우스를 품에 안아주며 다독였다. 클라우스는 뺨에 흐르는 가느다란 눈물을 닦았다.

그날 이후, 클라우스는 프리츠와 그의 무리를 피해 다녔지만, 마음속으로는 강해지기 위해 노력했다. 그는 학업에 더 집중했고, 체육 시간에는 자신의 몸을 단련했다. 교사들과 몇몇 친구들도 그의 노력과 용기를 알아보고 격려해 주었다.

12. 취리히 동물원

몇 개월 후, 클라우스 가족은 취리히 동물원을 방문했다. 따뜻한 햇볕, 서늘한 가을 날씨에 낙엽이 지고 있었지만, 알프스산맥의 만년설은 빛나고 있었다. 한적한 동물원을 산책하며 가족은 이야기를 나눴다.

"오랜만에 식구들이 다 같이 동물원에 오니 아주 좋아요." 클라우스가 말했다.

"산책 와서 좋기는 한데 벌써 살짝 다리가 아프구나." 귄터는 숨을 헐떡이며 대답했다.

"힘들면 쉬었다가 가세요." 레나가 말했다.

"예전에는 아버지가 저를 목말을 태우고서 이곳저곳으로 다니기도 했지요." 클라우스가 회상하며 말했다.

"맞아, 여기 동물들하고 친구가 되었지. 여기 사는 동물들은 각각 자기 영역이 있고 자기 삶이 있단다. 동물들이 모두 자유롭게 살 수 있도록 동물원이 배려하고 있지." 귄터가 설명했다.

"맞아요. 동물들은 아프리카에서 온 것도 있고 아시아에서 온 친구도 있어요. 마치 동물들을 보면 저 같아요. 맞아요! 저는 이 동물을 보면 매우 편해요. 마치 내가 자유롭게 친구들과 천국에서 함께 사는 느낌이 들어요." 클라우스가 말했다.

"그렇구나. 클라우스가 벌써 이렇게 자랐구나. 그만 집으로 돌아가자꾸나." 귄터는 산책을 힘들어하며 말했다.

몇 년 후, 클라우스는 집 2층 거실에서 귄터에게 피아노를 배우고 있었다. 거실 안에는 검은색 스타인웨이 그랜드 피아노가 놓여 있었다. 귄터는 클라우스가 연주하는 것을 지켜보며 조언을 해주었다.

"클라우스, 이제는 정말 피아노를 잘 치는구나. 피아노 건반은 단지 88개의 건반이지만, 인간이 들을 수 있는 거의 모든 소리를 다 낼 수 있단다. 피아노의 연주는 각자의 색이 있고 연주자의 개성을 나타낼 수 있어." 귄터가 말했다.

클라우스는 궁금한 듯 물었다. "단순히 잘 연주하는 것과 연주자의 개성을 담는 것은 무슨 차이에요?"

"피아노 연주는 치는 사람의 마음이 그대로 건반에 전달된다. 연주자가 근심 걱정이 있으면 관객도 그 느낌을 그대로 전달받아. 기쁘고 즐거운 마음을 가지고 치면 관객도 똑같이 느끼지. 똑같은 곡이라도 연주자에 따라 다르게 들려. 음악은 다 같아. 음악을 통해서 자신의 감정을 나타내는 것이지. 연주를 들으면 그 사람의 마음속 깊은 울림을 들을 수 있어." 귄터가 설명했다.

"아버지는 그럼 언제나 피아노를 기쁘게 치세요?"

"글쎄, 꼭 그렇지는 않단다. 연주 여행을 다니다 보면 기쁜 일도 있지만 어려운 일도 있지. 평정심과 기쁜 마음을 가지고 연주하기는 쉽지 않아. 그래도 네가 우리 가족이 된 날의 피아노 연주는 아직도 기억이 난단다. 아마 너는 기억을 못 할 거야."

"아버지, 사실 기억이 나지 않아요."

"괜찮다. 연주는 그 자체를 즐기면 돼. 다른 사람의 비난이나 칭찬에 스트레스를 받지 말고. 클라우스, 너 자신의 연주가 가장 행복하면 돼. 기쁘거나 슬플 때 우리에게는 언제나 바흐와 베토벤의 음악이 있단다." 귄터는 클라우스의 어깨를 다독였다.

13. 콩쿠르 대회

독일 뮌헨 국제 청소년 피아노 콩쿠르 대회에서 클라우스는 예선 1위를 통과하고 마지막 결선 무대에 진출하였다. 일반 관객들과 심사위원들이 연주를 지켜보고 있었다. 귄터는 피아노계의 유명 인사라서 혹시 자기 때문에 아들이 심사에 영향을 받을 수 있어 조용히 맨 뒷자리에서 관람하고 있었다. 일반 사람들은 클라우스가 귄터의 아들이라는 것을 몰랐다. 그저 동양에서 온 소년 정도로 생각했다. 클라우스는 연주곡으로 베토벤의 '비창'을 연주했다.

클라우스는 피아노 콩쿠르 무대에 올랐다. 긴장된 순간에도 그는 베토벤의 '비창 소나타'를 연주할 준비가 되어 있었다. 첫 음이 울려 퍼지자마자, 그의 손가락은 건반 위를 자유롭게 날아다녔다. 연주가 시작되자, 관객들은 그의 연주에 몰입하여 숨소리조차 내지 않았다.

피아노 소리 하나하나가 공연장 가득 울려 퍼졌다. 클라우스의 연주는 정확하고도 감동적이었다. 느리고 애절한 부분에서는 마치 눈물이 맺히는 듯한 감정이 전달되었고, 빠르고 힘찬 부분에서는 그의 열정이 고스란히 느껴졌다. 모든 터치가 완벽하게 이어지며, 클라우스는 베토벤의 깊은 감정을 고스란히 표현해 냈다.

관객들은 한마음으로 그의 연주에 집중했다. 한 연주가 끝나고 마지막 음이 울릴 때까지, 모두가 숨을 죽이고 그 순간을 즐겼다. 마지막 음이 사라지자, 공연장은 잠시 정적에 휩싸였다. 그리고 곧이어 폭발적인 박수 소리가 터져 나왔다. 귄터는 조용히 눈물을 흘리며 엄청나게 기뻐했다. 레나는 더 흥분했다.

"우리 집안에 음악 천재가 한 명 더 나오다니 당신을 닮아서 저렇게 됐나 봐요." 레나가 흥분해서 말했다.

"나의 피는 한 방울도 섞이지 않았지. 모두 클라우스의 재능이지."

"하지만 당신이 가르쳐서 이렇게 된 거 아니겠어요?" 레나가 물었다.

"아니야. 클라우스는 태어날 때부터 절대음감을 가지고 있어. 무슨 일이 있었는지 모르겠지만, 곡을 연주할 때 보면 음악에 대한 애정과 미움이 둘 다 담겨 있어." 귄터가 설명했다.

"그래도, 우리 아들은 피아노를 치면 행복한 표정으로 밝은 모습을 보여주어요."

"나와는 다르지. 클라우스는 남이 없을 때도 혼자서 연주하고 마치 피아노로 누군가와 말을 하는 것 같아."

"맞아요. 그래서 피아노 연주를 들으면 사랑과 아름다움이 보이다가 가끔 숨어 있는 분노가 나타나는 것을 보는 것 같아요." 귄터와 레나는 서로 손을 맞잡고 감동에 젖어 앉아 있었다.

14. 아버지의 죽음

귄터는 저택의 서쪽 방에 설치된 침대에 누워 있었다. 전립선 암이 악화된 그는 병원보다 집에서 마지막을 보내기로 했다. 방

안은 의료기기와 산소 호흡기의 소음으로 가득했고, 주치의와 간호사가 상주하며 그의 상태를 지켜보고 있었다. 귄터의 옆에는 아내 레나와 아들 클라우스가 있었다. 클라우스는 아버지의 손을 꼭 잡고 있었다. 귄터는 고통을 참아내며 가쁜 숨을 몰아쉬었다. 눈빛은 희미해졌지만, 그의 마음은 여전히 가족을 향해 있었다.

귄터는 숨을 가쁘게 몰아쉬며 아들에게 마지막 말을 전하려 애썼다.

"클라우스, 엄마를 잘 돌봐주겠니?" 귄터의 목소리는 힘겹게 나왔지만, 그 안에는 깊은 사랑과 부탁의 마음이 담겨 있었다.

"내가 아픈 건 사람의 운명이란다. 만약 내가 없으면 너의 엄마를 잘 지켜다오."

"아버지 없이 어떻게 살아요."

"괜찮아. 우리에겐 베토벤과 바흐의 음악이 있지 않니? 그 음악들이 너를 지켜줄 거야. 그리고 너에게는 엄마와 동물 친구들도 있잖니."

클라우스는 눈물을 머금고 고개를 끄덕였다.

"물론이에요, 아버지. 걱정하지 마세요." 그의 목소리도 떨리고 있었다.

레나는 남편의 손을 꼭 잡고 눈물을 흘리고 있었다.

"귄터, 당신 곁에 있어요. 사랑해요." 그녀의 목소리는 애절했고, 눈물은 멈추지 않았다. 귄터는 힘겹게 미소를 지어 보였다.

"나도 사랑해요, 레나. 그리고 클라우스, 너는 항상 자랑스러운 아들이다."

　권터의 숨은 점점 더 가빠졌고, 방 안에는 긴장과 슬픔이 가득 차올랐다. 주치의는 조용히 권터의 상태를 지켜보고 있었고, 간호사는 필요할 때를 대비해 준비하고 있었다. 결국, 권터는 마지막 숨을 내쉬며 조용히 눈을 감았다. 그의 얼굴에는 평온한 미소가 떠올랐다.

　방 안에는 권터의 마지막 숨결과 함께 깊은 슬픔과 고요함이 감돌았다. 클라우스와 레나는 서로를 부둥켜안고 눈물을 흘렸다. 그들의 마음속에는 권터와의 추억이 가득 차 있었다. 비록 그는 이제 더는 이 세상에 없지만, 그의 사랑과 기억은 영원히 그들의 마음속에 남아 있을 것이었다.

15. 교수가 된 클라우스

　클라우스는 컴퓨터 화면에 떠오른 "축하합니다! 하빌리타치온 시험에 합격하셨습니다."라는 메시지를 보고 미소를 지었다. 뮌헨 법과대학에서 오랜 시간 동안 꿈꿔왔던 교수 자격을 얻은 순간이었다. 박사학위는 이미 받은 상태였지만, 하빌리타치온 시험 합격은 교수의 자격을 완성하는 중요한 단계였다. 클라우스는 합격 소식을 가장 먼저 어머니 레나에게 알리고 싶었다. 그는 전화를 걸어 기쁨의 소식을 전했다.

"엄마, 드디어 해냈어요! 하빌리타치온 시험에 합격했어요!"

레나의 목소리는 기쁨으로 가득 찼다.

"정말? 오, 클라우스! 축하해! 너 정말 자랑스럽다. 네 아버지도 이 소식을 들었다면 얼마나 기뻐하셨을지 몰라."

클라우스는 눈물을 글썽이며 고개를 끄덕였다.

"맞아요, 엄마. 아버지도 기뻐하셨을 거예요. 이 모든 게 아버지의 지지와 사랑 덕분이에요."

레나는 깊은숨을 내쉬며 말했다.

"네 아버지는 언제나 네가 성공하길 바랐단다. 그의 꿈을 이룬 네가 정말 자랑스럽다. 그리고 하빌리타치온 논문 주제도 너무 멋지구나. '입양된 멸종위기 동물의 보호'라니, 정말 중요한 주제를 다뤘어."

클라우스는 화면에 떠오른 합격 메시지를 다시 한번 바라보며 말했다.

"네, 엄마. 아버지가 동물 보호에 대해 항상 말씀하셨잖아요. 그분의 뜻을 이어받아 이 주제를 선택했어요."

레나는 클라우스의 말을 듣고 따뜻한 미소를 지었다.

"그렇구나. 네 아버지의 정신이 네 안에 살아 있구나. 클라우스, 너는 정말 훌륭한 아들이야."

레나는 잠시 말을 잇지 못하고 아들을 바라보았다가 이내 미소를 지으며 클라우스를 꼭 안았다.

"정말 축하해, 클라우스! 네가 해낼 줄 알았어."

클라우스는 어머니의 따뜻한 품속에서 아버지를 떠올렸다. 아버지 귄터는 암으로 세상을 떠났지만, 그가 있었다면 지금, 이 순간을 얼마나 기뻐했을지 상상했다. 클라우스는 아버지의 빈자리가 더욱 크게 느껴졌다.

"아버지도 기뻐하실 거예요, 그렇죠?" 클라우스가 눈물을 글썽이며 말했다.

레나는 고개를 끄덕이며 아들의 얼굴을 쓰다듬었다.

"그럼, 아버지도 정말 기뻐하실 거야. 네가 얼마나 열심히 노력했는지 알고 계실 거야."

클라우스는 아버지의 가르침과 지지를 떠올리며, 자신이 걸어온 길이 헛되지 않았음을 깨달았다. 그는 동물 보호에 대한 열정을 가지고 연구에 몰두했으며, 이제 그 결실을 본 것이다.

"엄마, 우리 아버지의 묘지에 가서 이 소식을 전해드릴까요?" 클라우스가 제안했다.

레나는 미소 지으며 고개를 끄덕였다.

"좋아, 클라우스. 아버지께 기쁜 소식을 전해드리자."

클라우스와 레나는 아버지 귄터의 묘지로 향했다. 클라우스는 묘지 앞에 서서 조용히 눈을 감고 아버지와의 기억을 떠올렸다. 레나는 아들의 손을 잡고 함께 묵념했다. 그들은 함께 귄터의 영혼 앞에서 이 기쁨을 나누며, 앞으로도 서로를 지지하고 사랑할 것을 다짐했다.

클라우스는 프라이부르크 대학 교수로 임용된 것을 축하하며 파란색 페라리 캘리포니아 4.3 하드톱 오픈카를 타고 뮌헨에서 프라이부르크로 향하고 있었다. 바람을 맞으며 드넓은 도로를 질주하는 기분은 상쾌했고, 그는 검은 선글라스를 끼고 음악을 들으며 기분 좋게 운전 중이었다.

어느 순간, 클라우스의 휴대전화가 울리기 시작했다. 중요한 통화일 것 같아 그는 길가에 차를 정차하고 전화를 받았다. 차를 멈춘 그 순간, 뒤에서 사이렌 소리가 들려왔다. 독일 교통경찰이 그의 차를 미심쩍게 바라보며 다가오는 것이었다. 고급 승용차를 운전하는 동양인을 본 경찰은 그가 범죄자일지도 모른다는 의심을 품었다.

"안녕하세요, 신분증 좀 보여주시겠습니까?" 경찰은 차에서 내린 클라우스를 경계하며 물었다. 클라우스는 경찰의 요청에 당황하지 않고 차분하게 지갑에서 신분증을 꺼내 건넸다. 경찰은 신분증을 확인하며 눈이 휘둥그레졌다. 신분증에는 귀족 작위와 교수 자격이 명시되어 있었고, 그가 프라이부르크 대학교의 교수임을 나타내는 문서도 함께 있었다.

경찰은 신분증을 확인한 후, 태도를 바꾸어 공손하게 말했다.
"교수님, 죄송합니다. 귀하의 신분을 미처 몰라서 실례를 범했습니다."

클라우스는 미소 지으며 말했다.
"괜찮습니다. 오해할 수도 있는 상황이었지요."

경찰은 갑자기 태도를 바꾸어 공손하게 되었다.
"저희가 교수님을 에스코트해 드리겠습니다. 프라이부르크까지 안전하게 모시겠습니다."

클라우스는 처음에는 당황했지만, 이내 경찰의 호의를 받아들었다.

"그렇게 해주신다면 감사하겠습니다."

경찰은 클라우스를 위해 순찰차를 앞세워 그의 차를 에스코트하기 시작했다. 클라우스는 경찰의 에스코트를 받으며 프라이부르크로 향하는 동안, 자신의 위치와 역할이 주는 무게감을 다시 한번 느꼈다. 그는 귀족의 작위와 교수 자격이 자신을 얼마나 다른 시선으로 보이게 만드는지를 실감했다. 클라우스는 경찰의 제안을 받아들이기로 했다. 그는 다시 차에 올라타고 경찰의 안내를 받으며 프라이부르크로 향했다. 경찰차가 앞에서 길을 인도하며 클라우스의 차를 보호하는 모습은 인상적이었다.

프라이부르크에 도착했을 때, 경찰은 클라우스에게 마지막 인사를 건넸다.

"프라이부르크에서의 새출발을 응원합니다, 교수님."

도착한 클라우스는 대학 정문에서 경찰들에게 감사 인사를 전했다.

"여러분 덕분에 무사히 도착할 수 있었습니다. 정말 감사합니다."

"저희가 도울 수 있어서 다행입니다. 교수님, 프라이부르크에서 좋은 시간 보내시길 바랍니다."

클라우스는 대학 정문을 통과하며 새로운 시작을 앞두고 마음이 벅차올랐다. 무엇보다도 지식을 나누고 학생들을 가르치는 일을 통해 사회에 이바지할 수 있다는 사실이 자랑스러웠다. 그는 새로 맡게 될 강의와 연구에 대한 기대감으로 가득 찼다. 클라우스는 앞으로의 여정을 다짐하며 차에서 내려 캠퍼스를 향해 걸어갔다. 그의 뒤에서 경찰들은 그를 존경 어린 눈빛으로 바라보며 떠났다.

16. 한국으로 초대

대학 강의를 마치고 집에 들어온 클라우스는 레나가 정년 퇴임 후 집에서 쉬고 있는 모습을 보았다.

"어머니, 다음 학기에 6개월 동안 한국대 법대에서 연구해 달라는 부탁이 왔어요." 클라우스가 말했다.

레나는 미소를 지으며 대답했다.

"잘되었구나, 그런데 무슨 일이 있니?"

"한국대학교 법대에서 저에게 동물 보호법 연구와 강의를 부탁하네요. 독일은 1930년대부터 동물법을 연구했는데 한국은 아직 관련 내용이 많지 않다고 해요." 클라우스가 설명했다.

"그렇구나." 레나가 말했다.

"한국에서는 악마 자동차 에쿠스 비글 살인, 강아지 공장이라는 문제도 있다고 해요." 클라우스가 말했다.

"그것은 무슨 이야기니?" 레나가 궁금해했다.

"달리는 자동차 트렁크 뒤에 비글을 줄로 묶고 운전한 사건이에요. 강아지 공장은 이쁜 품종의 강아지를 생산하기 위해 개들을 사육시키는 것이에요. 임신과 출산을 반복시키고 나이 어리고 귀엽게 생긴 강아지를 만들어 내는 것이지요. 그리고 사람들에게 비싼 가격에 강아지를 판매하는 것입니다." 클라우스가 설명했다.

레나는 안타까운 표정으로 말했다.

"동물의 권리가 보호받지 못하고 있구나. 가서 연구도 하고 한국도 구경하고 와."

"예." 클라우스가 대답했다.

레나는 잠시 생각하다가 물었다.

"이번이 너의 한국 첫 방문인데 나중에 나도 시간 되면 따라갈게. 그나저나 너 한국을 가기 싫어했는데 어떻게 가게 된 거니?"

클라우스는 미소를 지으며 말했다.

"아. 별로 한국에 대한 특별한 감정은 없어요. 그냥 내가 태어난 곳이 어떤 곳인지 가보고는 싶어요. 피부색만 한국 사람이지 사실은 내가 한국 사람이라는 생각은 하고 있지는 않아요. 엄마랑 같이 있는 여기가 제 나라이지요."

레나는 고개를 끄덕이며 말했다.

"그렇구나. 그래도 간 김에 여기저기 둘러보고."

"그래요. 이번 기회에 가서 어떤 곳인지 한번 구경도 하고 다양한 경험도 할게요." 클라우스가 대답했다.

클라우스는 한국 방문을 준비하며 기대에 차 있었다. 레나는 그런 아들을 바라보며 자랑스러워했다.

17. 호랑이 사망 사건

취리히 동물원의 호랑이 전시관 앞은 평화롭고 한가로웠다. 햇볕이 따스하게 비추는 가운데 많은 관람객이 시베리아 호랑이들의 우아한 모습을 지켜보고 있었다. 호랑이들은 나무 그늘에서 낮잠을 즐기고 있었고, 그 모습을 보는 것만으로 사람들은 만족스러웠다. 전시관 옆에서는 사육사가 우리 옆의 무너진 철망을 수리하고 있었다.

한편, 아시아계 단체 관광객 수십 명이 깃발을 들고 전시관 앞을 지나갔다. 가이드의 설명을 들으며 열심히 구경하던 중, 한 어린아이가 장난감 폭죽 권총을 꺼내 들었다. 아이는 장난기가 발동해 호랑이를 향해 쏘았다. "펑!" 하는 소리와 함께 작은 불꽃이 튀었다.

호랑이 한 마리가 깜짝 놀라 잠에서 깨어나 점프했다. 본능적으로 위험을 느낀 호랑이는 곧바로 가장 가까이 있던 사육사의 목덜미를 물었다. 사육사의 비명과 함께 피가 솟구쳤고, 관람객들은 소리를 지르며 놀라 달아났다. 공포에 휩싸인 사람들은 전시관을 빠져나가려 했지만, 혼란 속에서 주저앉는 사람들도 있었다.

아이의 부모는 당황하여 아이를 부둥켜안고 도망쳤고, 다른 사람들도 서로를 밀치며 비명을 질렀다. 그 순간, 동물원 경보가 울리기 시작했다.

"긴급 상황입니다! 모든 관람객은 즉시 안전한 장소로 이동하십시오!"

몇몇 동물원 직원들이 달려와 상황을 파악하고 즉각 대처하기 시작했다. 사육사는 여전히 호랑이의 입에 물린 채로 피를 흘리며 쓰러져 있었다. 직원들은 진정제를 쏜 뒤 호랑이를 떼어내고 사육사를 구출하려 했으나, 호랑이는 사육사를 놓지 않았다.

몇 분 후, 긴급 의료팀이 도착하여 호랑이에게 강력한 진정제를 쏘고, 마침내 사육사를 구출했다. 사육사는 중상을 입고 급히 병원으로 이송되었다.

이 사건은 동물원 전체에 큰 충격을 주었다. 동물원장은 즉시 사과문을 발표하며, 사육사의 빠른 쾌유를 기원했다.

"이러한 비극적인 사건이 발생한 것에 깊은 유감을 표하며, 재발 방지를 위해 더욱 엄격한 안전조치를 시행할 것입니다."

독일 저녁 뉴스에서는 취리히 동물원에서 발생한 호랑이 사건을 다뤘다. 앵커는 심각한 표정으로 말했다.

"오늘 취리히 동물원에서 호랑이가 사육사를 살해한 사고가 발생했습니다. 오후 4시경 시베리아 호랑이 '이고르'가 사육사 클라라 슈레이더만의 목덜미를 물었습니다. 슈레이더만 씨는 곧 병원으로 이송되었으나 사망했습니다. 호랑이가 탈출하지 않아 관람객들의 피해는 없었습니다. 이고르는 10년 전 한국 서울대공원에서 생후 3개월에 스위스로 왔으며, 슈레이더만이 새끼 때부터 키웠습니다. 동물원 측은 이고르의 처리를 논의 중이며, 전문가들의 위원회를 열어 안락사 여부를 결정할 예정입니다."

18. 클라우스 연구실

클라우스 교수의 연구실로 취리히 동물원장 알렉스 류벨의 전화가 걸려왔다.

"교수님! 오랜만입니다." 알렉스가 말했다.

"원장님, 잘 지내시지요?" 클라우스가 인사했다.

"이고르 이야기는 들으셨지요?"

"예, 아주 비통한 일입니다."

"이고르의 처리에 대해 의견을 구하려고 전화드렸습니다. 안락사 문제입니다."

"제가 의견이 있으면 반영이 되나요?"

"교수님이 권위자시니 교수님의 뜻에 따라 결정될 것입니다."

"곧 한국에 동물 보호법 강의를 하러 갑니다. 서면으로 의견을 보내드려도 될까요?"

"예, 조사가 이루어진 후 위원회의 결정을 기다리면 됩니다."

"알겠습니다. 이고르는 현재 어떻게 있나요?"

"독방에 격리되어 있습니다."

"예, 자료를 보고 고심한 후에 의견 드리겠습니다."

19. 한국 방문

클라우스는 뮌헨에서 인천공항으로 향하는 대한항공의 일등석에 탑승했다. 이번 한국 방문은 그가 한국에서 태어나 독일로 입양된 이후 처음으로 고국을 방문하는 중요한 여정이었다.

탑승하자마자, 승무원이 밝은 미소를 지으며 다가왔다.

"안녕하세요! 대한항공에 오신 것을 환영합니다!" 그녀는 너무나도 친근하게 한국말로 인사했다. 클라우스는 순간 당황했다. 승무원의 표정과 말투는 마치 오랜 친구를 만난 것처럼 따뜻하고 친밀했다. 클라우스는 고개를 약간 숙이며 미소를 지어 보였다.

"안녕하세요. 어머, 제가 실수했어요. 어디서 많이 뵌 분인 줄 알았어요." 승무원이 말했다.

"안녕하세요." 클라우스는 조심스럽게 한국어로 답했다. 그는 어딘가에서 이 승무원을 본 적이 있는 것 같다는 느낌을 받았지만, 도저히 기억이 나지 않았다. 클라우스는 한국어를 유창하게 하지 못했지만, 승무원의 친절한 태도에 조금은 안도감을 느꼈다.

"편안한 여행이 되시길 바랍니다. 필요한 것이 있으면 언제든지 말씀해 주세요." 승무원이 친근하게 말을 이어갔다. 클라우스는 고개를 끄덕이며 자리에 앉았다. 그녀는 곧이어 다른 승객들에게도 친절하게 인사를 건넸지만, 유독 클라우스에게 더 많은 관심을 보이는 듯했다.

클라우스는 자리에 앉아 비행기 이륙을 기다리며 창밖을 바라보았다. 그의 마음속에는 기대와 약간의 두려움이 교차하고 있었다.

비행기가 이륙한 후, 승무원이 다시 클라우스에게 다가왔다.

"음료나 간식 필요하신가요?" 그녀가 물었다.

클라우스는 친절하게 미소를 지으며 고개를 끄덕였다.

"물 한 잔 부탁드릴게요."

승무원은 물을 가져다주며,

"혹시 예전에 다른 비행기에서도 뵌 적이 있는 것 같아요. 맞나요?"라고 물었다.

클라우스는 잠시 생각에 잠겼다가,

"글쎄요, 잘 기억이 나지 않습니다만…. 아마도 그럴지도 모르죠."라고 답했다. 그는 여전히 자신이 기억하지 못하는 승무원이 자기를 너무나도 친숙하게 대하는 이유를 이해하지 못했다. 하지만 그는 예의 바르게 행동하려 노력했다.

승무원은 미소를 지으며,

"아무튼, 다시 뵙게 되어 반갑습니다. 즐거운 여행 되세요."라고 말하며 자리를 떠났다.

사무장과 승무원은 갤리에서 이야기를 나누었다.

"2A 손님 어디서 많이 뵌 분 같지 않아요?" 승무원이 물었다.

"글쎄, 요새 닮은 사람이 한둘인가? 게다가 손님은 독일 사람이야." 사무장이 대답했다.

클라우스는 승무원이 떠난 후에도 그 상황을 계속 생각했다.

그녀는 정말로 자신을 아는 사람일까, 아니면 단지 승객들에게 친절하게 대하려는 노력일까? 그는 그 답을 알 수 없었지만, 그 친절함이 고맙게 느껴졌다.

클라우스는 고개를 끄덕이며 터미널로 향했다. 그는 한국에서의 첫걸음을 내디디며, 새로운 만남을 상상했다. 비록 승무원이 그를 기억하는 이유를 끝내 알지 못했지만, 그녀의 친절함은 그의 마음을 따뜻하게 해주었다.

20. 한국대학교

한국대 법대 학장실은 화려한 가을빛이 들어와 조용하면서도 기품 있는 분위기를 자아냈다. 창밖으로는 단풍이 물들어 캠퍼스가 한 폭의 그림처럼 아름다웠다. 그 안에서 조영만 교수와 비서 한지영이 클라우스를 맞이하기 위해 서 있었다. 클라우스가 문을 열고 들어오자 두 사람의 얼굴에는 환한 미소가 번졌다.

"클라우스 교수님, 오신 것을 환영합니다. 오시느라 피곤하시지요?" 조영만 교수가 따뜻하게 인사했다. 그의 눈에는 진심 어린 환영의 빛이 가득했다.

클라우스는 고개를 숙이며 미소를 지었다.

"연구할 기회를 주셔서 감사합니다." 그는 영어로 답했다. 그의 발음은 정확하고 부드러워, 오랫동안 영어를 사용해 온 사람임을 느끼게 했다.

조영만 교수는 옆에 서 있는 한지영을 소개하며 말했다.

"여기는 비서 한지영 선생님입니다. 학교 행정이나 궁금한 것이 있으면 부탁하세요." 그는 역시 영어로 말했다.

한지영은 활짝 웃으며 클라우스를 향해 고개를 숙였다.

"안녕하세요, 교수님. 필요한 것이 있으면 언제든지 말씀해 주세요."

클라우스는 그녀의 친절한 태도에 고마움을 느끼며, 한국어로 대답했다.

"감사합니다. 잘 부탁드립니다."

한지영은 놀라며 말했다.

"우와 교수님, 한국어도 잘하시네요." 그녀의 눈에는 감탄과 놀라움이 가득했다.

클라우스는 겸손하게 미소 지으며 말했다.

"아직 많이 부족하지만, 더 많이 배우고 싶습니다."

조영만 교수는 만족스러운 눈빛으로 클라우스를 바라보았다.

"교수님, 한국에 계시는 동안 많은 것을 배우고 경험하시길 바랍니다. 저희도 교수님께 많은 것을 배우고 싶습니다."

그들은 함께 앉아 앞으로의 연구와 수업 계획에 관해 이야기하기 시작했다. 클라우스는 자신의 연구 주제와 목표를 설명했고, 조영만 교수와 한지영은 그의 열정과 지식에 감탄하며 경청했다. 대화는 자연스럽게 이어졌고, 클라우스는 점점 더 한국 대학 생활에 대한 기대감이 커졌다.

한지영은 클라우스에게 학내 시설과 필요한 정보들을 설명했다.

"여기 학교 주변에 좋은 식당들도 많고, 필요한 서적이나 자료는 도서관에서 언제든지 이용하실 수 있어요. 그리고 교수님께서 연구하실 수 있는 조용한 연구실도 준비해 두었습니다."

클라우스는 고개를 끄덕이며 말했다.

"정말 감사합니다. 여러분 덕분에 좋은 환경에서 연구할 수 있을 것 같습니다."

조영만 교수와 한지영의 따뜻한 환영과 배려 덕분에 클라우스는 한국에서의 생활이 기대되기 시작했다. 그는 이곳에서의 새로운 여정을 통해 자신의 뿌리를 다시금 발견하고, 더욱 깊이 있는 연구와 교육 활동을 펼쳐나갈 준비가 되어 있었다.

21. 클라우스 연구실

한지영과 클라우스는 연구실에서 차를 마시며 이야기를 나누고 있었다. 한지영은 클라우스의 책상 위에 놓인 가족사진을 보고 눈을 크게 떴다. 사진 속에는 클라우스가 피아노 앞에서 연주하고 있는 모습이 담겨 있었다.

"우와 대단하세요. 피아노 연주도 하세요?" 한지영이 감탄하며 물었다.

클라우스는 겸손하게 미소 지었다.

"그냥 조금 칩니다."

한지영은 사진 속 배경을 주목했다.

"독일 집이 무슨 성 같아요."

클라우스는 고개를 저었다.

"부모님 집입니다. 저의 집은 아닙니다."

한지영은 고개를 끄덕이며 물었다.

"한국에서는 어디서 묵을지 구하셨어요?"

클라우스는 대답했다.

"교수 기숙사가 있지만, 연주할 수 있는 방음이 되는 곳을 구했습니다."

한지영은 기쁜 얼굴로 말했다.

"교수님, 나중에 연주하시면 초대해 주세요."

클라우스는 따뜻하게 미소 지으며 말했다.

"그렇게 하세요."

잠시 망설이던 한지영은 용기를 내어 물었다.

"교수님, 혹시 친부모는 궁금하지 않으세요?"

클라우스는 순간 눈을 살짝 찡그리며 생각에 잠겼다.

"어릴 적 일이라 기억이 잘 나지 않습니다."

한지영은 곧바로 사과했다.

"제가 주책없이 괜히 여쭈어봤네요. 필요한 것 있으시면 언제든지 알려주세요."

클라우스는 고개를 끄덕이며 말했다.

"서울대공원에 연락해서 호랑이 사육사와 약속을 잡아주세요."

한지영은 웃으며 대답했다.

"예, 그럴게요."

시간이 흐르면서 한지영은 클라우스의 차분하고 신중한 태도에 더욱 감동하였다. 클라우스는 자신의 과거와 관련된 질문에 대해 감정적으로 반응하지 않고, 그저 담담하게 대답했다. 그녀는 그의 깊은 내면에 무언가 더 큰 이야기가 숨겨져 있음을 느꼈다.

클라우스는 한지영의 도움으로 서울대공원에서 호랑이 사육사와의 만남을 준비했다. 그는 동물법 전문가로서 동물의 권리와 복지를 위한 연구를 하고 있었기 때문에, 실제 사육 현장을 방문하는 것은 매우 중요한 일이었다. 한지영은 클라우스의 일정과 약속을 꼼꼼하게 조율하며 그가 연구에만 집중할 수 있도록 도왔다.

어느 날, 한지영은 클라우스에게 다가가 작은 종이를 건넸다.

"교수님, 서울대공원과의 약속이 확정되었습니다. 이 날짜에 방문하시면 됩니다."

클라우스는 미소를 지으며 감사의 인사를 전했다.

"고맙습니다, 한지영 선생님. 덕분에 일이 순조롭게 진행되네요."

한지영은 고개를 끄덕이며 대답했다.

"교수님이 하시는 연구가 중요하니까요. 제가 도울 수 있어 기쁩니다."

한지영은 서울대공원에 연락해 호랑이 사육사와의 약속을 잡왔다. "교수님, 내일 오후 3시에 서울대공원에서 호랑이 사육사와 만날 수 있어요."

클라우스는 고맙다는 뜻으로 미소 지으며 말했다.

"고맙습니다. 기대되네요."

한지영은 클라우스의 연구와 일정을 도우며, 그의 일상에 조금씩 녹아들었다. 그녀는 그의 열정과 노력에 감탄하며, 그가 한국에서 잘 정착할 수 있도록 최선을 다해 지원했다.

한지영은 클라우스에게 말했다.

"교수님, 한국에서 필요한 것들이 더 있으면 언제든 말씀해 주세요. 제가 도와드릴게요."

클라우스는 감사의 마음을 담아 대답했다.

"정말 감사합니다. 덕분에 아주 편해졌어요."

22. 서울대공원

클라우스는 서울대공원 동물원을 방문했다. 취리히 동물원의 자랑인 시베리아 호랑이 '이고르'가 바로 이곳 서울대공원의 수컷 호랑이 '십육강'의 자식이기 때문이다. 이고르는 태어나서 얼마 되지 않아 동물원 교류 프로그램을 통해 독일로 보내졌고, 지금은 취리히 동물원의 중요한 존재가 되어 있었다.

"안녕하세요. 독일에서 온 클라우스라고 합니다." 클라우스가 자기소개 하며 호랑이 사육사에게 인사했다.

사육사는 환하게 웃으며 클라우스를 맞이했다.

"안녕하세요. 저는 호랑이 사육을 맡고 있습니다. 법학 교수님이라 들었는데, 무슨 일로 오셨나요?"

클라우스는 정중하게 대답했다.

"오늘 '십육강'에 대해 여쭤보려고요."

사육사는 고개를 끄덕이며 설명을 시작했다.

"현재 시베리아 호랑이는 한국에 많지 않습니다. 지금은 네 마리만 있습니다."

클라우스는 호기심 가득한 눈으로 물었다.

"어느 정도로 난폭한가요?"

사육사는 깊은숨을 내쉬며 말했다.

"예전에 사파리에서 왕은 '레오'라는 사자였는데, '십육강'이 점점 몸집이 커지면서 '레오'와 결투를 벌였고, 결국 사파리의 왕이 되었습니다만 다른 수컷 호랑이들을 거의 다 물어 죽일뻔해서 격리조치 했습니다."

클라우스는 고개를 끄덕이며 생각에 잠겼다.

"호랑이가 갇혀 있다가 성질이 더 난폭해졌나 보군요."

사육사는 고개를 끄덕였다.

"맞습니다. 그래서 결국 거세 처분 했습니다. 보러 가시겠어요?"

클라우스는 사육사의 안내를 받아 '십육강'이 있는 곳으로 향했다. '십육강'은 벽에 웅크리고 구석에 숨어 자고 있었다. 그 모습은 한때 사파리의 왕이었던 호랑이의 위용을 잃고, 고독과 고통 속에 갇혀 있는 듯했다.

클라우스는 가슴이 먹먹해졌다. '이고르'의 아버지인 '십육강'의 처지를 생각하니 마음이 아팠다. 그는 자신이 법학 교수로서, 그리고 동물 보호 활동가로서 무엇을 할 수 있을지 고민했다. '십육강'의 처지를 개선할 방법이 있을까? 동물원의 환경을 더 좋게 바꾸고, 호랑이들이 더 자연스러운 환경에서 지낼 수 있도록 하는 것이 중요하다고 느꼈다.

"여기 있는 다른 호랑이들은 어떤가요?" 클라우스가 물었다.

사육사는 한숨을 내쉬며 말했다.

"나머지 호랑이들도 비슷한 처지입니다. 사파리에서 자유롭게 지내던 시절과 비교하면 현재의 환경은 매우 제한적이죠. 우리가 할 수 있는 최선을 다하고 있지만, 더 나은 환경을 제공하기는 쉽지 않습니다."

클라우스는 사육사의 말에 공감하며 고개를 끄덕였다.

"제가 도울 수 있는 일이 있다면 기꺼이 돕고 싶습니다. 독일에서도 동물 보호를 위한 법적 지원을 많이 하고 있습니다. 한국에서도 비슷한 노력을 할 수 있도록 돕고 싶습니다."

사육사는 클라우스의 제안에 감동한 듯 보였다.

"정말 감사드립니다, 교수님. 동물들의 복지를 위해 힘써 주신다면 큰 도움이 될 것입니다."

클라우스는 호랑이 우리 앞에서 한동안 '십육강'을 바라보았다. 그는 이고르와 '십육강' 사이의 연결고리를 생각하며 마음이 복잡해졌다. "이곳에서 '십육강'이 어떤 생활을 하는지 알 수 있을까요?" 클라우스가 조심스럽게 물었다.

사육사는 잠시 침묵하다가 대답했다.

"여기서 '십육강'은 주로 혼자 지냅니다. 성질이 너무 난폭해서 다른 호랑이들과 함께 둘 수가 없어요. 하지만 최대한 그가 스트레스를 받지 않도록 환경을 조성해 주려고 노력하고 있습니다."

클라우스는 '십육강'의 이야기를 들으며, 이고르가 취리히 동물원에서 지내는 모습과 비교해 보았다.

"이고르도 '십육강'처럼 난폭한가요?" 사육사가 물었다.

클라우스는 고개를 저으며 대답했다.

"아니요, '이고르'는 비교적 온순한 편이라고 들었습니다. 아마도 환경과 사육 방식의 차이일 겁니다."

클라우스는 고개를 끄덕이며 생각에 잠겼다.

"환경이 동물의 성격에 얼마나 큰 영향을 미치는지 새삼 깨닫게 되네요."

사육사는 미소 지으며 동의했다.

"맞습니다. 환경이 동물의 삶에 큰 영향을 미치죠."

클라우스는 '십육강'을 다시 한번 바라보았다. 그의 눈에는 슬픔과 동정이 가득했다.

"혹시 제가 이고르의 사진을 몇 장 가져왔는데, 보여드려도 될까요?"

사육사는 흥미로운 눈빛으로 고개를 끄덕였다.

"물론이죠, 보여주세요."

클라우스는 휴대전화를 꺼내어 이고르의 사진을 사육사에게 보여주었다. 사진 속 이고르는 건강하고 활기찬 모습으로, 마치 자신이 취리히 동물원의 왕이라도 된듯한 자세를 취하고 있었다.

사육사는 사진을 보며 놀란 표정을 지었다.

"정말 멋지네요. '십육강'의 자식이라니, 이렇게 자라다니 대단합니다."

클라우스는 미소를 지으며 말했다.

"이고르도 '십육강'처럼 위엄 있는 호랑이로 자랐죠. 하지만 그의 성격은 훨씬 온순합니다."

사육사는 고개를 끄덕이며 말했다.

"환경과 사육 방식의 차이가 이렇게 큰 변화를 가져올 수 있다니, 정말 놀랍습니다."

클라우스는 깊은 생각에 잠기며 말했다.

"동물의 삶과 환경에 대해 더 많은 연구가 필요하다는 것을 깨닫게 되네요."

사육사는 동의하며 대답했다.

"맞습니다. 우리가 더 많은 것을 배우고 개선할 수 있도록 노력해야 합니다."

23. 환영 만찬

　서울의 어느 저녁, 강남 고속버스터미널 근처의 대형 한정식 집에서는 한국대학교 법과대학 학장과 교수들이 모여 있었다. 그들은 이번 학기에 새로 초빙된 클라우스 교수를 환영하기 위해 자리를 마련했다. 전통 음식과 와인이 준비된 상차림에는 작은 무대도 있어 전통 가야금 공연과 사물놀이 공연이 펼쳐졌다.
　조영만 교수가 일어나서 말을 꺼냈다.
　"이번에 독일에서 강의하러 오신 클라우스 교수님이십니다. 동물법을 전공하시고 1학기 동안 연구년을 보내시다 돌아가십니다. 박수로 환영 부탁드립니다."
　"정말 초청해 주셔서 감사합니다. 많이 배우고 돌아가도록 하겠습니다." 클라우스가 감사 인사를 전했다.
　"이번에 강의하시는 과목은 무엇인가요?" 한국대의 이진홍 교수가 물었다.
　"동물 보호법에 대한 강의를 개설했습니다." 클라우스가 답했다.
　"학생들이 많이 수강하고 있나요?" 한국대의 김병민 교수가 궁금해했다.
　"영어로 강의해서 한국 학생뿐만 아니라 외국인 학생들도 많이 듣고 있습니다." 클라우스가 설명했다.
　"어머니는 잘 지내시나요?" 신동만 교수가 물었다.
　"지금은 은퇴하시고 집에서 책을 읽으시거나 산책을 많이 하십니다." 클라우스가 대답했다.

"아주 훌륭하신 분이지." 신동만 교수가 말했다.

"어머니는 아마 몇 달 뒤에 잠시 한국에 방문하신다고 합니다." 클라우스가 덧붙였다.

"클라우스 교수는 혹시 한국은 처음 방문인가요?" 신동만 교수가 다시 물었다.

"예, 그렇습니다. 이번에 처음으로 방문했습니다." 클라우스가 대답했다.

"그러면 한국 관광도 많이 하시다 가시면 좋겠습니다." 한국대의 한 교수가 말했다.

"연구하러 왔지 놀러 온 것은 아니라서요." 클라우스가 대답하자 다들 분위기가 차가워졌다.

"자자! 다들 축하주 한 잔씩 합시다. 음식도 같이 드세요." 조영만 교수가 분위기를 전환했다.

신선로가 상에 준비되었다. 일동 와인으로 건배했다.

"예전 임금님 수라상에 올라가던 음식입니다. 고기와 채소를 국물과 같이 먹지요." 조영만 교수가 설명했다.

클라우스는 신선로 음식을 먹어보았다. 어린 시절 먹어본 느낌이 들었다.

"클라우스 교수님은 피아노도 잘 치세요. 어머니가 자랑이 대단하시지." 신동만 교수가 말했다.

"지금은 그냥 연주한 지가 오래되어서요." 클라우스가 대답했다.

"혹시 실례가 가능하면 연주를 들을 수 있을까요?" 신동만 교수가 부탁했다.

"교수님이 부탁하시니 잠깐만 연주하도록 하겠습니다. 피아노를 쓸 수 있을까요?" 클라우스가 물었다.

조영만 교수는 종업원에게 피아노를 칠 수 있는지 물어보았다. 종업원은 괜찮다고 했다. 클라우스는 파헬벨의 '캐논'을 연주했다. 한국대 일행뿐만 아니라 실내에 있는 모든 손님이 조용히 연주를 들었다. 연주가 끝나자 손님들은 손뼉을 쳤고, 클라우스는 연주를 끝내고 자리에 앉았다.

"정말 대단하십니다." 한국대의 한 교수가 말했다.

"요새 아이들 말로 세상 사람이 부러워하는 모든 것을 다 가졌군요." 또 다른 교수가 말했다.

"어머니가 정말 자랑스러워하시겠어요." 신동만 교수가 말했다.

"음악 천재, 언어 천재라고 하던 것이 헛소문이 아니군요." 조영만 교수가 말했다.

"한국에 오신 김에 가야금이나 거문고 같은 악기도 배워보세요." 한 교수가 제안했다.

"맞아요. 판소리 같은 것도 있어요." 다른 교수가 덧붙였다.

"사실 악기 배울 시간은 많지 않은데, 아까 공연 소리를 들으니까 가야금 소리가 궁금하기는 합니다. 예전에 들었던 것 같기도 하고요." 클라우스가 말했다.

이어지는 식사 자리에서 사람들은 독일어, 영어, 한국어를 섞어 쓰며 이야기를 나누었다. 배경으로는 한국 전통 판소리와 사물놀이 연주 등이 들렸다. 대화는 자연스럽게 흘러갔고, 저녁 식사는 따뜻하고 화기애애한 분위기 속에서 이어졌다. 클라우스는 한국대 교수들과의 첫 만남을 통해 새로운 인연을 만들었다.

24. 클라우스의 혈액암

클라우스는 자신을 환영해 준 만찬에서 기쁜 마음에 많은 술을 마셨다. 고국에 돌아왔다는 안도감과 자신을 버린 곳이라는 복잡한 감정이 얽혀 있었다. 이 모든 감정이 술에 담겨 그는 평소보다 더 많이 마셨다.

다음 날 아침, 강한 숙취로 인해 그의 몸은 무거운 무쇠 덩어리처럼 느껴졌다. 그는 간신히 몸을 일으켜 한국대학교 부설 병원을 찾았다. 평소라면 단순한 숙취로 넘어갔을 상황이었지만, 이번엔 왠지 모를 불안감이 그를 병원으로 이끌었다. 병원에 도착하자마자, 그는 응급실에서 피를 뽑고 여러 검사를 받았다. 결과를 기다리는 동안 그는 병원 침대에 누워 머릿속이 복잡해지는 것을 느꼈다.

"대체 무슨 일이 일어나고 있는 거지?" 클라우스는 속으로 중얼거렸다. 잠시 후, 의사가 진지한 얼굴로 다가와 그에게 말했다.

"클라우스 씨, 급성 혈액암이 의심됩니다. 추가 검사를 통해 확진해야겠지만, 상황이 심각해 보입니다."

클라우스는 그 말을 듣고 충격에 휩싸였다. '혈액암'이라는 말이 머릿속에서 울려 퍼졌다. 그는 어지러움에 비틀거리며 의자의 팔걸이를 꽉 잡았다.

"정말 암인가요?" 그는 떨리는 목소리로 물었다. 의사는 고개를 끄덕이며 답했다.

"정확히는 급성골수성백혈병(Acute Myeloid Leukemia)입니다. 골수와 혈액에서 백혈병 암세포가 계속 증가하면서 정상적인 조혈 기능이 억제됩니다. 하지만 요즘은 치료 방법이 많이 발전했습니다. 골수 이식으로 치료할 수 있습니다. 물론 시간이 중요합니다. 빨리 시작하는 것이 좋습니다."

그날 밤, 클라우스는 병원 침대에 누워 생각에 잠겼다. 자신이 고향으로 돌아온 이유, 그리고 이제 그곳에서 죽음을 맞이할 가능성에 대해 생각했다. 그는 어머니를 떠올렸다. 어린 시절 자신을 따뜻하게 품어주던 어머니의 얼굴이 떠올랐다. 하지만 그는 이 소식을 어머니에게 전하지 않기로 했다. 어머니에게 이런 충격을 주고 싶지 않았다. 대신 스스로 방법을 찾아보겠다고 마음먹었다.

클라우스는 치료 방법을 알아보기 위해 각종 의료 정보를 검색하고, 골수 이식의 성공 사례들을 읽으며 희망을 찾았다. 하지만 동시에, 그는 현실을 직시할 필요가 있음을 느꼈다. 시간이 얼마 남지 않았다는 사실이 그를 괴롭혔다. 그는 자신의 건강 상태를 부정할 수 없었다. 병실에서 조용히 앉아 인터넷 검색을 시작한 클라우스는 조혈모세포 이식에 대해 알아보았고 골수 이식의 원리에 대해 알게 되었다.

골수 속에는 다양한 혈액 세포로 분화할 수 있는 조혈모세포가 있어, 이를 이식하면 새로운 혈액 세포를 만들어 낼 수 있다. 하지만 HLA(Human Leukocyte Antigen)라는 조직적합성항원이 일치해야만 골수 이식이 성공할 수 있었다. 그 일치 확률은 약 2만 분의 1로 매우 낮아, 적합한 공여자를 찾는 것이 얼마나 어려운 일인지 깨달았다.

클라우스는 포기하지 않았다. 조혈모세포 은행에 대해 알게 되었다. 이곳에서는 미리 공여자들로부터 기증받은 골수를 보관하고, 필요할 때 수혜자에게 제공하는 시스템을 운영하고 있었다. 하지만 그가 가장 큰 희망을 얻은 것은 제대혈(탯줄혈액) 이식에 대한 정보였다. 1980년대 초반, 연구자들은 탯줄 속에 다량의 조혈모세포가 존재한다는 사실을 발견했다. 1988년 프랑스에서 첫 제대혈 이식이 성공한 이후, 제대혈 이식은 많은 장점이 있었다. 골수 이식보다 적합성 일치 확률이 높고, 공여자와 수혜자 간의 적합성을 맞추기가 비교적 쉽다는 점이 매력적이었다.

클라우스는 이러한 정보를 통해 희망을 되찾았다. 그는 조혈모세포 은행이 미국, 일본, 유럽 등 선진국에서 국가적인 차원에서 운영되고 있고 특히 한국에서도 조혈모세포 은행이 운영되고 있다는 것을 알고, 자신에게도 기회가 있을지 모른다는 생각에 가슴이 뛰었다. 그는 어느 정도의 시간이 있을지는 모르지만, 독일의 어머니를 생각하며 버텼다. 어머니에게 건강한 모습으로 돌아갈 날을 꿈꾸며, 한국에서의 삶을 더욱더 충실히 살 생각을 하였다.

25. 판소리 배우기

클라우스는 종로구에 있는 판소리 교습소에 처음으로 발을 들였다. 방 안에는 작은 북과 방석이 놓여 있었고, 그의 앞에는 판소리 선생님인 최보라가 앉아 있었다. 클라우스는 양반다리가 어려워 익숙하지 않은 자세로 다리를 한쪽만 뻗은 채로 앉아 있었다.

"제일 쉬운 노래부터 배우시고, 나중에 하시고 싶은 노래 생기면 하시면 돼요. 여기 제일 쉬운 아리랑 가사 드릴게요. 아리랑은 아시지요?"

"잘 몰라요. 혹시 악보는 없나요?"

"아! 판소리는 악보가 없이 선생님이 부르는 노래를 그대로 따라 배워요."

"노래를 그대로 외우나요?"

"맞아요. 지금은 녹음기가 있지만, 예전에는 선생님께 혼나면서 배웠답니다."

"그럼 음정이랑 박자는 어떻게 맞추나요?"

"그것은 옆의 북을 쳐주는 고수가 소리하는 사람에 맞추어 주는 것이에요."

보라는 클라우스에게 진도 아리랑을 가르쳤다. 클라우스는 처음 듣는 아리랑 노래에 고생했지만, 차근차근 따라가기 시작했다.

"아리아리랑 스리스리랑 아라리가 났네, 아리랑 응응응 아라리가 났네." 보라가 노래를 부르자 클라우스는 따라 불렀다. 음정과 박자를 맞추기 어려워했지만, 보라는 인내심을 가지고 천천히 설명해 주었다.

"문경 새재는 웬 고개인가, 구비야 구비야 눈물이 난다." 보라가 다시 노래를 부르자 클라우스도 따라 했다. 중간중간 음정이 흔들리고, 박자가 어긋나기도 했지만, 그는 점차 익숙해졌다.

"이 부분에서 바이브레이션이 들어가요. 보세요." 보라가 시범을 보였다. "고개인가?"

클라우스도 따라 했다. "고개인가?"

"가에서 3단계 정도 내려오셔야 해요. 가~아~아~아. 이렇게요." 보라가 설명했다.

클라우스는 다시 시도했다. 이번에도 완벽하지는 않았지만, 점점 나아지고 있었다. 그는 보라에게 노래를 녹음해 달라고 부탁했다. "나중에 노래 녹음해 주시면 연습해 올게요."

"많이 들어보세요. 음을 듣고 그대로 따라 하면 돼요." 보라가 격려했다.

클라우스는 그날 집으로 돌아가면서 녹음된 노래를 반복해서 들었다.

며칠 후, 클라우스는 다시 교습소를 찾았다. 아직 완벽하지 않았지만, 보라는 그의 노력과 진전을 인정하며 미소를 지었다.

"많이 좋아졌어요, 클라우스 씨. 계속 연습하면 더 잘하실 수 있을 거예요."

클라우스는 고개를 끄덕이며 의지를 다졌다. 그는 판소리를 통해 한국 문화를 깊이 이해하고 싶었다. 앞으로도 많은 어려움이 있겠지만, 그는 포기하지 않을 것이다.

26. 조혈모세포 은행

클라우스는 조혈모세포 은행에 연락하여 이식 가능성을 상담했다. 긴장된 마음으로 전화를 건 그는 간호사 출신 코디네이터 나정화와 연결되었다. 그녀는 따뜻하고 차분한 목소리로 클라우스를 맞이했다.

"클라우스 씨, 걱정하지 마세요. HLA 일치 여부를 확인하고, 적합한 공여자를 찾는 과정을 도와드리겠습니다." 나정화의 말에 클라우스는 마음이 놓였다. 그녀는 클라우스의 상황을 이해하고, 필요한 정보를 수집한 뒤 긍정적인 답변을 주었다.

"적합한 공여자를 찾는 데 시간이 걸릴 수 있지만, 충분히 가능성 있습니다. 우리가 일치하는 HLA를 찾으면 즉시 연락드리겠습니다." 클라우스는 그녀의 말에 큰 희망을 얻었다.

27. 가야금 배우기

클라우스는 한국에서의 새로운 도전을 맞이했다. 그날, 그는 가야금 수업을 듣기 위해 최지은 선생님과 마주 앉아 있었다. 방은 은은한 향기로 가득하고, 가야금의 섬세한 줄들이 그의 앞에 펼쳐져 있었다.

"다른 악기는 배워본 적 있으세요?" 지은이 환한 미소로 물었다.

"피아노를 배웠습니다."

"그럼 쉽게 하실 수 있어요. 여기 12줄이 있지요. 줄을 뜯거나 튕기면 됩니다. 앞에 있는 줄을 일단 하나 뜯어보세요."

클라우스가 조심스럽게 가야금의 줄을 뜯자, 방 안에 맑고 부드러운 소리가 울려 퍼졌다.

"소리가 마치 하프 소리 같아요." 클라우스가 감탄하며 말했다.

"하프 소리와는 약간 다르지만, 가야금도 연주하는 사람에 따라 소리가 달라지고 공명도 달라져요. 각각의 줄을 연주하면 돼요. 음은 아래 줄부터 '레, 미, 솔, 레, 미, 솔, 라, 시, 레, 미, 솔, 라' 소리가 나요. 외우시고 하시면 돼요."

"오, 그렇군요. 그 사이음인 '도'나 '파'는 연주 못 하나요?"

"줄을 살짝 눌러주시면 음이 바뀌어요."

선생님의 설명을 들으며, 클라우스는 신중하게 손가락을 움직였다. 그의 손끝에서 가야금의 줄이 울리며 아름다운 음색을 만들어 냈다. 피아노 연습으로 단련된 그의 손놀림은 가야금에도 자연스럽게 적응해 갔다. 가야금 특유의 소리에 매료된 클라우스는 더욱 열심히 연습에 몰두했다.

"정말 아름다운 소리네요." 클라우스가 만족스러운 미소를 지으며 말했다.

"네, 가야금은 연주하는 사람의 마음을 담아내는 악기예요. 계속 연습하시면 더 깊은 소리를 내실 수 있을 거예요."

클라우스는 선생님의 지도를 받으며 가야금 연주에 집중했다. 그는 줄 하나하나에 마음을 담아 연주했다. 피아노와는 다른 손맛과 소리의 울림이 신선하게 다가왔다. 시간이 흐르면서 그는 가야금의 섬세한 음색에 더욱 깊이 빠져들었다.

클라우스는 웃으며 고개를 끄덕였다. 그는 가야금에서 나는 아름다운 소리에 매료되어 더욱 열심히 연습했다. 시간이 지날수록 그의 손가락은 더욱 능숙하게 줄을 타고 다녔다. 가야금의 음률은 그의 마음을 편안하게 해주었고, 그는 마치 어린 시절로 돌아간 듯한 기분을 느꼈다.

연습이 끝난 후, 선생님은 클라우스에게 몇 가지 전통 곡을 소개해 주었다. 클라우스는 그 곡들을 연주해 보며, 가야금의 깊이 있는 소리에 더욱 빠져들었다. 그는 가야금을 통해 한국의 전통 음악을 배우는 것이 얼마나 가치 있는 일인지 깨닫게 되었다.

"정말 대단하세요. 나중에 연주회를 열어도 될 것 같아요." 선생님이 농담처럼 말했지만, 그 속에는 진심이 담겨 있었다.

"아직 멀었어요. 하지만 더 열심히 연습해서 잘하고 싶어요." 클라우스가 겸손하게 대답했다.

"천만에요, 클라우스 씨. 앞으로도 계속 열심히 연습하세요. 가야금은 배울수록 그 매력에 빠져들게 될 거예요." 선생님이 따뜻한 미소로 대답했다.

28. 강아지 공장 뉴스

한국 뉴스 방송에서는 강아지 공장에 관한 충격적인 뉴스가 방송되었다. 카메라가 잡아낸 화면 속에는 어두운 공간에서 힘없이 늘어져 있는 어미 개와 강아지들이 보였다. 그들의 눈은 생기가 없었고, 주변은 심한 악취로 가득했다. 기자의 목소리가 화면에 울렸다.

"지금 보시는 바와 같이 전국에 강아지 공장이 산재하여 있습니다. 강아지들은 위험한 환경에 노출되어 있습니다. 태어난 강아지는 예방접종을 마치고 애완견 가게로 팔려나갑니다. 나중에 출산을 못 하는 어미 개들은 도살됩니다. 이러한 공장에 대한 대책이 필요합니다."

카메라는 강아지 공장의 내부를 자세히 비추기 시작했다. 바닥은 배설물로 덮여 있었고, 사료와 물은 더럽고 오래된 것이었다. 어미 개들은 비좁은 철창 안에서 움직일 공간도 없이 갇혀 있었고, 갓 태어난 강아지들은 어미의 젖을 물기 위해 필사적으로 몸부림치고 있었다. 어미 개의 몸은 영양실조로 인해 뼈가 앙상하게 드러나 있었다.

"개들은 거의 햇빛을 보지 못하고, 신선한 공기를 마실 기회도 없습니다. 이 비위생적인 환경에서 많은 강아지가 질병에 걸리거나 생명을 잃습니다." 기자가 설명했다.

기자는 카메라를 다시 강아지들에게 돌렸다. 한편에는 갓 태어난 강아지들이 있었다. 그들의 몸은 아직 축축했고, 눈을 뜨지도 못한 상태였다. 어미 개는 그들을 지켜보며 지친 몸으로 간신히 움직이고 있었다.

"어미 개들은 반복되는 임신과 출산으로 인해 몸이 쇠약해져 갑니다. 대부분의 어미 개들은 더 출산할 수 없을 때 도살됩니다." 기자의 목소리는 비통했다.

카메라는 다시 한번 공장의 외부를 비추었다. 녹슨 철문과 그 뒤에 있는 어두운 건물은 모든 것을 말해주고 있었다. 기자는 마이크를 쥐고 카메라를 향해 마지막 말을 전했다.

"이러한 강아지 공장은 단순히 강아지들을 사육하는 곳이 아닙니다. 이곳은 생명을 돈으로 거래하는 잔혹한 현장입니다. 강아지들의 복지를 위해, 이러한 공장에 대한 철저한 대책이 필요합니다. 지금까지 KBS 뉴스, 김성희 기자였습니다."

방송이 끝난 후, 화면을 바라보던 시청자들은 깊은 충격과 함께 분노를 느꼈다. 많은 사람이 강아지 공장의 실태를 처음으로 접하게 되었고, 이를 개선하기 위한 목소리를 내기 시작했다.

29. 인터뷰

KUS 뉴스룸의 조명이 밝게 빛났다. 클라우스는 동물법 전문가로 초대되어 앵커와 마주 앉아 있었다. 인터뷰는 영어로 진행되었고, 클라우스는 긴장된 표정으로 앵커의 첫 질문을 기다렸다.

"한국 강아지 공장에 대해 어떻게 생각하시나요?" 앵커가 질문을 던졌다.

클라우스는 잠시 생각에 잠겼다가 대답했다.

"동물의 권리를 보호하지 않는 인간의 이기심이라고 생각합니다. 동물을 돈을 위한 목적으로만 생산하여 사고팔고 하는 것은 옳지 않습니다."

앵커는 고개를 끄덕이며 다음 질문을 이어갔다.

"독일의 경우는 어떤가요?"

"독일에서는 자격을 가진 사람만이 동물을 기를 수 있고, 법에서 저런 행위를 엄격히 금지하고 있습니다. 어린 동물들이 비위생적인 환경에 놓이는 것은 동물의 건강뿐만 아니라 인간의 건강에도 악영향을 미칠 수 있습니다."

방송국의 스튜디오는 조용했고, 클라우스의 말에 집중하는 분위기였다. 앵커는 잠시 멈추었다가 중요한 질문을 던졌다.

"어떤 방식으로 고쳐야 할까요?"

"동물의 복지를 위한 마음을 가지고 관련 규정을 정비해야 합니다." 클라우스가 확신에 찬 목소리로 말했다.

"정부와 사회가 함께 노력해야 합니다. 동물들을 위한 더 나은 환경과 법적 보호가 필요합니다."

앵커는 마지막 질문을 준비하며 미소 지었다. "교수님께서 한국에서 출생하신 것으로 알고 있는데, 혹시 가족 이야기는 해주실 수 있나요?"

클라우스는 순간 멈칫했다. 그는 고향에 관해 이야기를 할 때마다 복잡한 감정에 사로잡혔다.

"한국이 제 고향이라는 점은 틀림없습니다. 다만 저의 개인적인 이야기이므로 다음 기회로 미루겠습니다."

인터뷰가 끝나자 앵커는 클라우스에게 감사의 인사를 전했다.

"교수님, 오늘 인터뷰 정말 감사합니다. 앞으로도 많은 활동 기대합니다."

클라우스는 고개를 끄덕이며 자리에서 일어섰다. 스튜디오를 나서며 그는 깊은 생각에 잠겼다. 한국에 돌아온 이후, 자신이 누군가의 아들이라는 사실을 자주 상기하게 되었다. 그러나 그의 마음속에는 아직도 풀리지 않은 많은 의문이 있었다. 더욱이 그의 병도 치료해야 하는 현실에 놓여 있었다.

30. 판소리 연습

클라우스는 혼자 판소리 연습을 하고 있었다. 방 안에는 그의 목소리와 북소리가 울려 퍼졌다. 갑자기 쑥대머리 음악이 나왔다. 그 순간, 클라우스는 깜짝 놀랐다. 어린 시절 매일같이 듣던 노래였다. 그의 기억 속 어딘가에 깊이 박혀 있던 노래였다.

"맞아, 기억이 조금 나! 들어본 것 같아." 클라우스는 마음이 급해져서 컴퓨터를 켜고 검색을 시작했다. '쑥대머리'라는 단어를 입력하자 검색 결과가 쏟아져 나왔다. '춘향가'에서 나오는 춘향이가 임을 그리워하는 노래라는 설명이 나왔다.

"이런 내용이었구나." 클라우스는 화면을 바라보며 중얼거렸다. 그는 손가락을 모니터에 댄 채 멍하니 있었다.

'그러면 우리 친어머니는 어떤 분일까?'

그의 마음속 깊은 곳에서 출생의 비밀이 불쑥 떠올랐다. 클라우스는 고민에 빠졌다. 친엄마를 그리워하는 마음과 자신을 버린 배신감에 대한 분노, 그리고 자신을 사랑으로 길러준 양어머니에 대한 감사와 사랑이 갈등하기 시작했다.

"어머니…. 나는 왜 버림받아야 했을까?" 그는 고개를 숙인 채 조용히 말했다. "그때는 왜 나를 두고 가야 했는지 이해할 수 없었어요. 매일 밤, 어머니의 품에서 듣던 노래들이 그리웠는데, 왜 나를 떠나셨는지 묻고 싶어요."

눈물이 그의 볼을 타고 흘렀다. 클라우스는 자기가 왜 이렇게 혼란스러운지 알 수 없었다. 어릴 적의 기억이 그의 마음을 뒤흔들고 있었다.

'나를 버린 어머니에게 배신감이 든다. 나를 왜 떠나야 했을까? 왜 다른 선택을 하지 않았을까?'

하지만 곧 그의 생각은 자신을 길러준 양어머니로 향했다.

'양어머니는 나를 사랑으로 길러주셨다. 그녀는 나에게 가족의 의미를 알려주셨다. 어머니가 아니었다면 지금의 나는 없었을 것이다.'

그는 깊은 한숨을 내쉬었다.

'어머니, 양어머니, 나는 두 사람 사이에서 갈팡질팡하고 있어요. 친어머니는 나를 버렸지만, 양어머니는 나를 사랑으로 채워주셨어요. 이 두 가지 감정이 너무나도 강렬해서 어떻게 해야 할지 모르겠어요.'

클라우스는 잠시 눈을 감고 생각에 잠겼다. 어린 시절, 친어머니와의 기억은 희미하지만 강렬했다. 그녀의 목소리, 그녀의 냄새, 그녀의 따뜻한 손길. 모든 것이 그리웠다. 그러나 동시에, 그가 경험한 배신감은 지워지지 않았다. 친어머니는 그를 버렸고, 그는 고아원에서 외로운 시간을 보내야 했다.

"나는 누구인가?" 클라우스는 자신에게 물었다.

"나의 뿌리는 어디에 있는가? 나는 왜 여기까지 오게 되었는가?"

그는 자신이 누구인지, 어디에서 왔는지에 대한 답을 찾고 싶었다. 그러나 그 답을 찾는 것이 두려웠다. 클라우스는 다시 컴퓨터 화면을 바라보았다. '춘향가'의 쑥대머리 노래는 그의 마음을 어지럽혔다. 그는 결국 결심했다.

"어머니의 진실을 찾아야겠어요. 그것이 나의 마음을 편안하게 할 유일한 방법이에요." 그는 친어머니를 찾기로 했다. 그 길이 쉽지 않으리라는 것을 알았지만, 그는 그 답을 찾기 위해 나아가기로 했다.

31. 궁금증

클라우스가 뉴스룸에 나온 후, 그의 배경에 대한 궁금증이 급격히 증가했다. 인터넷 검색어 1위에 '클라우스'라는 이름이 오르며, 그의 뉴스 영상이 인터넷에 퍼졌다. 사람들은 그의 고향, 학력, 재산 등을 검색하기 시작했다. 방송국에서 섭외 전화가 쏟아졌다.

"교수님, 방송국에서 전화가 왔는데 바꾸어 드릴까요?" 한지영 비서가 물었다.

"그러세요." 클라우스가 대답했다.

"교수님, 안녕하세요! 방송작가 이현수라고 합니다. 통화 가능하세요?" 밝은 목소리가 전화기 너머에서 들려왔다.

"예, 안녕하세요. 무슨 일이신가요?" 클라우스가 응답했다.

"교수님, 요새 인터넷 검색해 보신 적 있어요? 교수님 엄청나게 인기입니다." 이현수 작가가 흥분된 목소리로 말했다.

"무슨 말씀이시죠?" 클라우스가 놀란 듯 물었다.

"지금 청년층에서 클라우스가 검색어 1위에요. '독일 교수', '독일 귀족', '음악 천재', '금수저' 등 난리입니다. 모르셨어요?"

이현수 작가가 설명했다.

"저는 공부하는 학자라 그런 일에는 큰 관심이 없습니다." 클라우스가 차분히 대답했다.

"혹시 저희 방송에 출연해 주실 수 있으세요? 나오셔서 친부모님을 찾는다는 내용을 방송해 주실 수 있나요? 그러면 방송을 보고 친부모님을 찾을 수 있지 않을까요?" 이현수 작가가 간절하게 부탁했다.

"저는 독일 사람이라서 굳이 한국 부모님을 찾고 싶지는 않습니다. 독일에는 어머니도 계시고요. 또 친부모님을 찾는다고 해도 별 실익도 없고요. 제안은 감사하지만, 이번에는 사양하도록 하겠습니다." 클라우스가 정중하게 거절했다.

"아이 아쉬워요. 나오시면 정말 좋을 텐데. 예, 알겠습니다." 이현수 작가가 실망한 목소리로 말했다.

교수와 통화를 마친 이현수는 한지영 비서에게 전화를 걸었다.

"나중에 교수님 부모님 찾는다는 마음 바뀌시면 다른 프로그램 말고 저희에게 꼭 먼저 연락해 주세요." 이현수 작가가 부탁했다.

"예, 작가님, 알겠습니다." 한지영이 대답했다.

한지영은 전화를 끊고 깊은 생각에 잠겼다. 클라우스의 배경이 이렇게 큰 관심을 받게 될 줄은 몰랐기 때문이다. 그녀는 클라우스에게 이 소식을 전해야 할지 고민했다. 클라우스가 자신의 뿌리에 대해 그다지 관심이 없다는 것을 알고 있었기 때문에, 이 문제를 어떻게 다룰지 신중해야 했다.

클라우스는 연구실에서 자신의 논문을 검토하고 있었다. 그는 한지영이 잠시 후 들어올 것을 예상하지 못했다. 한지영은 조용히 문을 두드리고 들어왔다.

"교수님, 잠시 괜찮으세요?" 한지영이 물었다.

"물론입니다, 들어오세요." 클라우스가 말했다.

한지영은 조심스럽게 자리에 앉았다.

"교수님, 조금 전에 방송국 작가와 통화했어요. 그분이 교수님의 친부모님을 찾는다는 내용을 방송에 내보내고 싶어 하셨어요."

클라우스는 고개를 끄덕이며 들었다.

"알고 있습니다. 그러나 저는 그럴 생각이 없어요. 제게는 이미 충분한 가족이 있습니다."

"예, 이해합니다. 하지만 혹시 마음이 바뀌시면 그 방송국에 먼저 연락해 달라고 하셨어요." 한지영이 전했다.

"알겠습니다. 하지만 당분간은 그런 계획이 없으니 걱정하지 마세요." 클라우스가 미소를 지으며 말했다.

한지영은 마음이 놓였지만, 클라우스의 배경에 대해 여전히 궁금증이 많았다.

"교수님, 요즘 검색어 1위에 오르셨다고 하네요. 사람들 사이에서 아주 화제가 되고 있어요."

클라우스는 미소를 지었다.

"그렇다니 놀랍네요. 하지만 저는 여전히 공부하는 학자일 뿐입니다."

한지영은 고개를 끄덕였다.

"그래도 교수님의 이야기가 많은 사람에게 영감을 주는 것 같아요. 앞으로도 많은 사람에게 좋은 영향을 미칠 수 있기를 바랍니다."

클라우스는 감사의 미소를 지으며 한지영에게 고마움을 표했다. "그렇게 생각해 주셔서 감사합니다. 저도 제 위치에서 최선을 다하겠습니다."

그렇게 그들의 대화는 끝이 났다.

32. 찬미와 진영

전주 한옥에서 찬미와 그녀의 딸 진영은 저녁 식사를 하며 텔레비전을 보고 있었다. 찬미는 과거의 이름인 향림을 버리고 새로운 삶을 살고 있었고, 진영과 단둘이 조용히 지내고 있었다.

"엄마! 요새 인터넷에서 유명한 남자야. 잘생기고 돈도 많은데 교수래. 근데 한국인인데 독일로 입양 간 것이래." 진영이 흥분된 목소리로 말했다.

"난 그런 것 관심 없다." 찬미는 무심하게 대답했다.

"봐봐! 어때?" 진영은 클라우스의 뉴스룸 영상을 엄마에게 보여주었다.

"잘생겼네." 찬미는 얼핏 보았다가 다시 보았다. 화면 속 남자의 모습이 어딘가 익숙했다.

"진영아, 다시 보여줄래?" 찬미가 황급히 말했다.

"엄마 이런 스타일 좋아하는구나?" 진영이 놀라며 말했다.

한참을 사진을 뚫어지게 바라본 찬미는 잠시 눈을 감았다가 뜨며 지난 기억을 떠올렸다. 그 남자의 얼굴에서 자신의 잃어버린 아들의 모습을 찾으려는 듯한 눈빛이었다.

"밥이나 천천히 많이 먹어. 난 우리 아가가 제일 소중해." 찬미는 퉁명스러운 말투로 말했다.

"뭐라는 것이야. 소중하다면서 말투가, 내가 엄마 딸 맞아?" 진영이 웃으며 말했다.

"근데 뭐 하는 사람이래? 나이는?" 찬미는 애써 궁금한 것을 숨기며 물었다.

"나도 잘 몰라요. 그냥 한국대에 교수로 왔다가 다시 독일로 간다고 해요."

"나는 인터넷 같은 것 잘 못하잖아."

"엄마 이상형 같으니까! 나중에 검색해서 나온 것 있으면 알려줄게요."

찬미는 방으로 들어가 잠시 눈을 감았다. 눈물이 눈시울을 적셨다. 어린 시절 그녀의 아들, 그녀가 어쩔 수 없이 보내야 했던 그 아이가 떠올랐다. 당시 그녀는 너무나도 가난했고, 아들을 제대로 키울 수 없다는 절망감에 휩싸여 있었다. 그래서 어렵게 결단을 내리고 아이를 보냈지만, 그 결정을 후회하지 않은 날은 단 하루도 없었다.

'내 아들은 지금 어디서 무엇을 하고 있을까?' 그녀는 늘 마음속으로 물었다. 그러나 그 질문에 대한 답은 알 수 없었다.

이제 화면 속 남자가 자기 아들일지도 모른다는 생각이 들었다. 그 얼굴이 너무나 익숙하게 느껴졌다. 하지만 동시에 확신할 수 없었다. '그럴 리가 없다.'라며 마음을 다잡으려 해도, 심장이 요동쳤다.

한참을 그렇게 생각에 잠긴 찬미는 결국 다시 눈물을 닦고 거울 앞에 섰다. 거울 속에는 나이가 들어 주름이 깊어진 자신이 있었다. 그녀는 깊은 한숨을 쉬었다. 과거의 아픔을 안고 살아왔지만, 여전히 그 상처는 아물지 않았다.

'만약 그 아이가 정말 내 아들이라면….' 찬미는 한 번 더 그 생각을 하며 가슴이 먹먹해졌다. 그녀는 오래된 사진첩을 꺼내어 어린 시절 아들의 사진을 바라보았다. 사진 속 아이와 지금 화면 속 남자가 너무나 닮아 있었다. 그 순간 찬미는 결심했다.

'내가 할 수 있는 일을 해야겠어.' 찬미는 진영에게 다시 말을 걸었다.

"진영아, 나중에 그 사람에 대해 더 알아봐 줄래?" 찬미의 목소리가 떨렸다.

"엄마, 왜 그래? 무슨 일 있어?" 진영이 걱정스럽게 물었다.

"그냥…. 그냥 한 번 더 확인해 보고 싶어서." 찬미는 말을 더 이어갈 수 없었다.

진영은 의아한 표정으로 엄마를 바라보다가 고개를 끄덕였다.

"알겠어요, 엄마. 내가 알아볼게요."

찬미는 다시 방으로 들어가 눈을 감았다. 눈물이 또다시 흐르기 시작했다. 이 눈물이 기쁨의 눈물이 될지, 아니면 또 다른 슬픔의 시작일지 그녀는 알 수 없었다. 그날 밤, 찬미는 쉽게 잠들지 못했다. 그녀는 창밖을 바라보며, 어둠 속에서 아들의 얼굴을 떠올렸다. 그녀의 마음속에서는 수많은 감정이 교차했다. 그리움, 죄책감, 그리고 희망이 뒤섞인 감정이었다. 찬미는 조용히 눈물을 흘리며, 아들을 다시 만날 수 있기를 기도했다.

33. 판소리 수업

클라우스와 판소리 최보라 선생님이 마주 보고 앉아 있었다. 클라우스는 다리를 가지런히 한 채 긴장된 얼굴로 앉아 있었다.

"선생님, 배우고 싶은 노래가 생겼습니다." 클라우스가 입을 열었다.

"오! 어떤 노래에요?" 보라가 호기심 어린 눈빛으로 물었다.

"'심청가'에 심 봉사가 심청이 젖동냥하러 가는 대목입니다." 클라우스는 결연한 표정으로 말했다.

보라는 잠시 놀란듯했다.

"어려운 부분이네요. 단순한 노래가 아니라 설움까지 같이 담아내야 하는 노래에요. 한국 사람의 '한' 같은 것 말이지요. 그런데 교수님은 부자로 자라서 과연 잘하실 수 있을지." 그녀는 잠시 멈칫하더니 미소를 지었다.

"그래도 뭐, 무엇이든 잘하시니까 금방 하실 것이에요."

클라우스는 고개를 끄덕였다.

"열심히 해보겠습니다."

보라는 '심청가'의 젖동냥 장면을 천천히 가르쳐 주기 시작했다. 그녀의 목소리는 깊은 감정을 담아 가락을 읊조렸다.

"그때여 심 봉사 어린 아기를 품에 안고 젖동냥을 나가는디, 날이 차차 밝아지니 우물가 두레박 소리…." 보라는 노래의 흐름과 감정을 클라우스에게 설명했다. 그녀는 한 구절씩 노래를 부르고, 클라우스가 따라 부르도록 했다.

클라우스는 처음에는 서툴렀다. 그의 목소리는 떨렸고, 한국어 발음도 완벽하지 않았다. 그러나 그는 포기하지 않았다. 보라의 지도로, 그는 점차 곡의 감정을 이해하기 시작했다.

"여보시오 부인님네, 칠 일 안에 모친 잃고 젖 못 먹여 죽게 되니, 이 애 젖 쪼끔 먹여주오…." 클라우스는 따라 부르며, 심 봉사의 절절한 마음을 느끼려 애썼다. 그의 목소리에는 점점 깊이가 더해졌다.

보라는 고개를 끄덕이며 격려했다.

"잘하고 있어요. 이제 감정을 더 넣어서 불러보세요. 심 봉사의 애절한 마음을 생각하면서."

클라우스는 눈을 감고 심 봉사의 마음을 상상했다. 어린 딸을 위해 젖을 구하러 다니는 아버지의 절박함과 슬픔. 그는 그 감정을 자신의 목소리에 담아내기 위해 노력했다.

"여보시오 부인님네, 칠 일 안에 모친 잃고 젖 못 먹여 죽게 되니, 이 애 젖 쪼끔 먹여주오…." 그의 목소리에 진정한 감정이 담겼다. 보라는 미소를 지으며 손뼉을 쳤다.

"잘했어요, 교수님. 이제야 감정이 느껴지네요. 이 노래는 단순한 가락이 아니라, 사람의 마음을 울리는 힘이 있어요. 그걸 잘 이해하고 부르셨어요."

클라우스는 땀을 닦으며 미소 지었다.

"감사합니다, 선생님. 정말 어려운 노래네요. 하지만 열심히 연습하겠습니다."

클라우스는 고개를 끄덕였다.

보라는 그의 어깨를 토닥였다.

"교수님은 분명 좋은 소리꾼이 될 거예요. 그 마음속에 있는 깊은 감정을 끌어내세요. 그러면 한국 사람들의 '한'을 이해하고, 그걸 통해 진정한 소리를 낼 수 있을 거예요."

클라우스는 마음속에 결의를 다졌다. 자신이 이국땅에서 느끼는 외로움과 그리움, 그리고 그 모든 감정을 소리에 담아내기로. 그는 더 열심히 연습하고, 더 깊이 감정을 이해하며 노래를 불렀다. 클라우스는 점점 더 한국의 소리와 그 안에 담긴 깊은 감정을 이해하게 되었고, 그를 통해 자신의 내면도 조금씩 치유되는 것을 느꼈다.

34. 가야금 수업

클라우스와 가야금 최지은 선생님이 마주 보고 수업을 하고 있었다. 조용한 방 안에는 가야금의 맑은 소리만이 울려 퍼졌다.

"왼손으로 농현을 하면서 흔드시면 돼요." 지은이 설명했다.

"바이브레이션 같은 것이군요. 오, 신기합니다." 클라우스가 감탄하며 대답했다.

"오른손은 안 아프세요? 처음 하면 손가락에 피가 나기도 하고, 나중에는 굳은살 생기면 괜찮아요."

"아직은 괜찮습니다."

"판소리도 배우신다면서요. 예전에 판소리 배우는 분들은 목에서 피가 나와야 득음한 것으로 했다고 해요. 가야금은 그 정도까지는 아니지만 다들 손가락에 굳은살은 있어요."

클라우스는 손가락을 펴 보이며 자랑스럽게 말했다.

"벌써 굳은살이 있어요."

지은은 놀라며 고개를 끄덕였다.

"요새 가야금 실력도 엄청나게 좋아졌어요. 대단하세요. 조금 더 있으면 저보다 잘하시겠어요." 그녀는 웃으며 덧붙였다.

"그리고 혹시 누굴 닮았다는 이야기 많이 듣지 않으세요? 이목구비가 뚜렷하신 것이 홍콩 영화 주인공 같기도 하고요."

클라우스는 잠시 생각에 잠겼다.

"글쎄요. 제가 홍콩 영화는 본 적이 없어서 잘 모르겠어요."

지은은 고개를 끄덕이며 가야금 줄을 튕겼다.

"참, 교수님은 어릴 때 기억나는 일은 없으세요? 가족이나 부모님에 대해서요."

클라우스는 깊은숨을 내쉬었다.

"어릴 적 기억은 희미해요. 제게는 항상 양부모님이 전부였어요. 하지만 가끔, 친부모님에 관한 생각이 들곤 하죠. 특히 아버지가 누구였을까 하는 궁금증이 커요."

지은은 잠시 멈추고 클라우스를 바라보았다.

"혹시 아버지에 대한 단서 같은 건 없으세요?"

클라우스는 고개를 저었다.

"어머니에 대해서는 조금 알고 있지만, 아버지에 대한 기억이나 이야기는 전혀 없어요. 그저 막연한 궁금증만 있을 뿐이죠. 누군가가 저를 닮은 사람이 있다면 좋겠어요."

지은은 미소를 지으며 말했다.

"어쩌면 한국에서 무언가 단서를 찾을 수 있을지도 몰라요. 교수님은 특별하신 분이니까, 아마도 특별한 분이 아버지일 거예요."

클라우스는 미소 지으며 고개를 끄덕였다.

"감사합니다, 선생님. 그 말이 큰 힘이 됩니다."

35. 조혈모세포 은행에서 연락

클라우스는 조혈모세포 은행에서의 연락을 기다리며 하루하루를 보냈다. 그러던 어느 날, 나정화 코디네이터에게서 전화가 걸려왔다.

"클라우스 씨, 좋은 소식이 있습니다. 전주에 사는 진영이라는 분이 당신과 HLA가 일치합니다. 다만, 혈액형은 일치하지 않습니다. 이식에는 문제가 없지만, 최적의 조건은 아닙니다." 나정화의 설명에 클라우스는 일단 안도의 한숨을 내쉬었다. 적합한 공여자를 찾았다는 사실만으로도 큰 희망이었기 때문이다.

진영은 나정화 코디네이터에게 전화를 받고 혼란스러웠다. 클라우스와 HLA가 일치한다는 사실은 놀라웠지만, 이식이 필요한 상황이 그녀를 망설이게 했다. 진영은 인터넷을 뒤져 골수 채취에 대해 알아보았다. 그녀는 채취 과정이 고통스럽고, 자신의 몸에 위험할 수 있다는 생각에 사로잡혔다.

'이렇게 고통스러운 일을 감당할 수 있을까?' 그녀는 자신에게 물었다. 골수를 채취하려면 병원에 입원해야 하고, 마취를 받아야 한다는 사실이 그녀를 더욱 불안하게 만들었다. 남을 위해 기증하는 것은 분명히 좋은 일이었지만, 그녀는 자신의 고통과 위험을 걱정하지 않을 수 없었다.

나정화는 진영의 망설임을 이해하며 그녀에게 자세한 설명을 해주었다.

"요새는 골수 채취는 하지 않고 혈액만을 채취합니다. 안전한 절차로, 회복도 빠릅니다. 하지만 진영 씨의 결정이 가장 중요합니다. 아무도 강요할 수 없는 일이니까요."

그 말을 들었지만, 진영의 마음은 여전히 무거웠다. 그때, 진영의 엄마 찬미가 이 이야기를 우연히 듣게 되었다. 찬미는 진영의 곁에서 그의 고민을 지켜보았다.

36. 찬미의 미소

그녀는 진영이 선뜻 결정을 내리지 못하는 이유를 이해하면서도, 누군가의 생명을 살릴 기회를 놓치는 것이 안타까웠다. 찬미는 조용히 나정화에게 연락했다.

"저도 검사를 받아볼 수 있을까요?" 찬미는 나정화 코디네이터에게 자신의 HLA 검사를 요청했다.

찬미는 그날 밤 진영이 보여준 클라우스의 사진을 다시 떠올렸다. 그녀의 아들이 독일로 입양된 후 처음으로 그의 모습을 본 것이다. 사진 속에서 자신을 향해 미소 짓고 있는 클라우스의 얼굴이 자꾸만 눈앞에 어른거렸다. 그녀의 마음은 복잡하고 아팠다. 눈물이 눈시울을 적시며 그녀는 조용히 말했다.

"우리 아가, 정말 너니?"

찬미는 깊은 한숨을 쉬며 기억 속의 아들을 떠올렸다. 작고 여린 몸으로 그녀의 품에 안겨 있었던 아이는 이제 어른이 되어 있었다. 아들이 자신을 기억하고 있을까? 아니, 그가 자신을 용서할 수 있을까? 그를 떠나보낸 후로 그녀는 매일 밤 죄책감에 시달리며 잠을 설쳤다.

당시 그녀는 너무도 가난했다. 남자에게 버림받고 어린 아들을 홀로 키우기엔 삶이 너무도 버거웠다. 결국, 찬미는 눈물을 머금고 아들을 독일로 보내기로 했다. 그때 그녀는 그저 아들이 더 나은 삶을 살 수 있기를 바랐다. 하지만 그 결심은 그녀의 마음에 깊은 상처를 남겼다. 시간이 흐를수록 그 상처는 점점 깊어져만 갔다.

찬미는 창밖을 바라보며 눈물을 훔쳤다. 창밖의 어두운 밤하늘은 그녀의 마음처럼 침울하고 무거웠다. 그녀는 조용히 중얼거렸다.

"미안하다, 아가. 엄마가 정말 미안해."

그녀는 손을 가슴에 얹고 떨리는 목소리로 다시 말했다.

"정말 미안해. 엄마가 널 버린 게 아니야. 너를 사랑해서, 널 더 나은 곳으로 보내고 싶어서 그랬어."

하지만 그런 말로도 그녀의 마음은 위로되지 않았다. 그녀는 아들이 독일에서 어떤 삶을 살았는지 궁금했다. 혹시라도 그가 자신을 원망하고 있지는 않을까 두려웠다. 아들을 위해 내린 결정이었지만, 그것이 옳았는지 확신할 수 없었다. 매일 밤 그녀의 꿈속에는 아들의 얼굴이 나타났다. 그 얼굴을 볼 때마다 그녀는 죄책감과 슬픔에 휩싸였다.

"내 아가, 어떻게 지내고 있니? 건강하니?" 그녀는 혼잣말로 물었다. 아무도 대답해 주지 않는 질문들이 그녀의 마음을 더 아프게 했다. 아들을 찾고 싶다는 간절한 마음과 그가 자신을 받아 주지 않을까 두려운 마음이 교차했다.

진영이 보여준 클라우스의 사진 속에서 그녀는 아들의 눈에서 자신을 발견했다. 그 눈은 자신을 떠나보낼 때 어린아이의 눈이었다. 찬미는 그 눈을 잊지 못했다. 그 눈 속에는 자신을 향한 신뢰와 사랑이 가득했었다. 이제는 그 눈이 자신을 어떻게 바라볼지 알 수 없었다.

"너를 다시 만나면 뭐라고 해야 할까?" 그녀는 조용히 속삭였다. 그녀의 목소리는 떨리고 있었.

"엄마가 널 얼마나 사랑했는지, 얼마나 보고 싶었는지 말해줄 수 있을까? 아니면 그냥 미안하다고만 해야 할까?"

찬미는 눈을 감고 깊은 한숨을 쉬었다. 그녀의 마음속에서는 수많은 감정이 뒤엉켰다. 사랑, 후회, 두려움, 그리고 희망. 그녀는 아들이 자신을 용서해 주길, 그리고 자신이 다시 아들을 품에 안을 수 있길 간절히 바랐다.

37. 콘서트 준비

클라우스는 교수 연구실로 한지영을 불러 공연장 예약을 부탁했다.

"교수님, 무슨 일이세요?" 한지영이 물었다.

"혹시 한국대학교 소형 공연장을 빌릴 수 있을까요? 제가 나중에 공연하려고요."

"우와 너무 멋져요! 피아노 치는 교수님! 저도 꼭 갈게요. 대단해요."

"그러세요."

한지영은 학교 본부에 전화를 걸어보고 일을 처리한 후 클라우스를 다시 찾아왔다.

"교수님! 소공연장은 지금 올해 연말까지 다 예약이 끝나고, 대공연장이 12월 초에 2~3일만 대관할 수 있다고 해요. 어떻게 할까요? 이왕 하시는 것 큰 공연장에서 하세요. 관객도 많이 부르고요."

클라우스는 잠시 생각에 잠겼다.

"글쎄, 1회만 하는 무료 공연인데 그렇게까지 크게 할 필요가 있을지. 게다가 사실 피아노 공연만 하는 것이 아니라 판소리와 가야금도 하는 것이어서…. 배운 지 얼마 안 돼서."

한지영의 눈이 반짝였다.

"우와! 더 멋져요. 그러시면 무료 공연 말고 자선 공연 어떠세요? 1회가 아니고 2~3회는 어때요? 동물복지 기금 마련까지. 우와 생각만 해도 좋아요. 사람들 많이 오도록 홍보할게요. 안 오면 제 친구들이라도 부를게요."

클라우스는 한지영의 열정에 마음이 동했다. 그는 천천히 고개를 끄덕이며 말했다.

"그럼 그렇게 하세요. 자선 공연으로 하겠습니다."

한지영은 기쁜 표정으로 대답했다.

"네, 교수님! 제가 바로 준비할게요!"

38. 통화

클라우스는 연구실에서 어머니 레나 교수와 통화하고 있었다.

"잘 지내고 있지? 어디 아픈 곳은 없지?" 레나가 물었다.

"예, 어머니. 아픈 곳도 없고 사람들이 아주 친절하고 잘해주어요. 혹시 겨울에 한국 오실 생각 없으세요? 구경도 하시고요. 또 제가 연주도 하려고 해요."

"오, 정말 좋은 생각이다. 나도 이제 나이가 들어 외국을 돌아다니기가 쉽지 않다. 그래도 우리 자랑스러운 클라우스 연주라면 당연히 가야지."

"이번 공연에는 피아노 말고도 다른 악기도 연주해요."

"오, 그렇구나. 무슨 악기?"

"한국의 가야금이라는 악기예요. 노래도 부르려고요."

"너무 멋지다."

레나 교수는 기뻐하며 아들의 공연 소식을 반겼다.

39. 클라우스의 고뇌

　클라우스는 집에서 피아노를 치며 자신의 출생 비밀을 생각했다. 그의 손가락이 건반 위를 가볍게 누르며 베토벤의 '비창 소나타'를 연주하던 중, 음이 틀리자 그는 불현듯 손을 멈췄다. 부드러운 선율이 방 안을 채웠지만, 그의 마음은 복잡했다. 이번에 자신에게 조혈모세포가 일치하는 사람이 누구인지 궁금했다. 그 사람이 친척인지, 아니면 아무런 관계없는 사람인지 알 수 없었다. 형제간에는 HLA 일치율이 25%라고 들었기에, 기증자가 혹시 자신의 형제일지도 모른다는 생각이 그를 더욱 혼란스럽게 만들었다.

　자신이 태어난 후로 부모에 대해 아는 것이 거의 없었다. 누가 자신의 친부모인지, 왜 자신을 떠났는지 알 수 없었다.

　"기증자가 나와 혈연관계가 있다면, 그 사람이 내 형제일까? 만약 그렇다면, 그동안 어디에 있었을까?" 그는 조혈모세포가 일치한 사람에 대해 더 알고 싶었다. 그 사람의 존재가 자신의 인생에 새로운 단서를 제공할 수도 있었다. 자신이 누구인지, 어디에서 왔는지, 그리고 왜 부모와 헤어지게 되었는지에 대한 질문들이 그의 머릿속을 떠나지 않았다. 클라우스는 자신이 조혈모세포 기증자와 직접 만나 이야기를 나눌 수 있을지 궁금해졌다. 만약 그가 자신의 형제라면, 그의 출생의 비밀을 풀어줄 실마리가 될지도 모른다. 하지만 그는 기증자의 신원을 알 권리가 없다는 사실도 알고 있었다.

　클라우스는 '심청가'의 젖동냥 부분을 부르기 시작했다.

　"여보시오 부인님네 칠 일 안에 모친 잃고 젖 못 먹여 죽게 되니 이 애 젖 쪼끔 먹여주오." 그의 목소리는 떨리고 있었다. 고뇌에 찬 그의 모습은 점점 더 처절해졌다. 그는 울부짖으며 노래를 불렀다.

　"부인들이 가긍하여 아이를 받아 안고 아이고 그것 불쌍허구나 너의 모친 살았으면 네 고생이 이렇겠나." 클라우스는 어린 심청이의 고통을 느끼며 눈물을 흘렸다.

　클라우스는 자신의 상황과 심청이의 상황을 동일시하며 노래를 계속했다.

　"심 봉사 좋아라고 은혜 백골난망이오. 육칠월 뙤약볕에 지신 메고 쉬난 곳도 허유허유 찾아가서 시내 여울 빨래허는 그런 곳도 찾아가서 여보시오 부인님네 댁 집에 귀한 애기 먹고 남은 젖 한 통 이 애 젖 쪼끔 먹여주오."

　그의 목소리는 점점 더 격정적이었고, 눈물은 끊임없이 흘러내렸다.

　클라우스는 양어머니의 얼굴이 떠올랐다. 그녀는 언제나 자신을 사랑으로 감싸주었고, 모든 어려움을 함께해 주었다. 하지만 그 사랑 속에서 그는 자신이 버림받았다는 사실을 잊지 못했다. '내가 그녀를 용서할 수 있을까?' 그는 자신에게 물었다.

　클라우스는 자신의 감정과 싸우며 노래를 계속했다. 그는 자신이 겪은 고통과 배신감을 판소리를 통해 표출하며, 마음속 깊은 곳에 있는 감정들을 하나씩 꺼내고 있었다. '친엄마를 찾는 것이 나에게 무슨 의미가 있을까?' 그는 다시 한번 자신에게 물었다. '어쩌면 나를 버린 것이 그녀의 선택이 아니었을지도 몰라.'

클라우스는 노래를 마치며 눈물을 닦았다. 그는 고개를 들고 거울 속에 비친 자신의 모습을 바라보았다. '나는 누구인가?' 그 질문은 여전히 그의 마음속 깊은 곳에서 울리고 있었다.

40. 인터넷 제보

클라우스가 인터넷으로 유명해지자 사람들은 그의 배경에 대해 궁금해하기 시작했다. 특히 그의 외모가 이번 대통령 대선 유력 주자인 김정민 의원과 똑같다는 제보가 인터넷에 올라오기 시작했다. 동그란 눈, 짙은 눈썹, 웃을 때 치켜지는 눈꼬리까지 모두 닮아 사람들이 클라우스가 김정민의 숨겨진 아들이 아니냐는 소문이 돌기 시작했다.

김정민 의원은 고집이 세고 권력을 위해서는 무엇이든 하는 사람으로 소문이 났다. 적군이든 아군이든 자신의 이익을 위해서라면 가차 없이 제거하는 인물이었다. 이러한 소문은 그의 캠프 내에서도 긴장감을 불러일으켰다.

"그 인터넷에 클라우스 교수 알아요?" 김정민 의원 비서관이 조심스럽게 물었다.

"맞아, 지금 찌라시가 돌던데, 김정민 의원의 아들 아니냐고." 다른 보좌관이 심각한 표정으로 대답했다.

"그러니까요. 대선도 얼마 남지 않았는데 큰일이네요. 혹시 의원님은 이런 사실을 아실까?" 비서관이 불안한 목소리로 말했다.

"워낙 그 의중을 모르는 분이라서." 보좌관은 고개를 저었다. "하지만 분명히 알고 있을 거예요. 이런 중요한 정보를 놓칠 분이 아니잖아요."

한편, 김정민 의원은 자신의 사무실에서 이 소문에 대해 듣고 있었다. 그는 평소처럼 냉철한 표정으로 비서들의 보고를 듣고 있었다.

"클라우스 교수라는 사람이 인터넷에서 화제가 되고 있다고요?" 김정민이 물었다.

"네, 의원님. 사람들이 그가 의원님의 아들이 아니냐고 의심하고 있습니다." 비서가 신중하게 대답했다.

김정민은 잠시 생각에 잠겼다. 그의 눈은 날카롭게 빛났다.

"그 사람의 정확한 신상 정보를 조사해 보세요. 그리고 이 소문이 다시는 퍼지지 않도록 조처하세요."

"예, 의원님." 비서는 고개를 숙이며 대답했다.

한편, 클라우스는 자신이 인터넷에서 화제가 된 사실을 알지 못했다. 그는 연구와 강의 준비로 바쁜 나날을 보내고 있었다. 하지만 어느 날, 한지영이 그에게 다가왔다.

"교수님, 요새 인터넷에서 교수님이 큰 화제예요." 한지영이 말했다.

"무슨 말씀이죠?" 클라우스는 의아해했다.

"사람들이 교수님이 김정민 의원의 아들이 아니냐고 소문을 내고 있어요."

클라우스는 놀란 표정으로 한지영을 바라보았다.

"김정민 의원이요? 그게 무슨 말이에요?"

"교수님의 외모가 김정민 의원과 너무 닮아서 사람들이 그런 소문을 퍼뜨리고 있어요."

클라우스는 잠시 말을 잃었다. 그는 김정민 의원에 대해 들어본 적이 있었지만, 자신이 그와 관련이 있을 거라고는 한 번도 생각해 본 적이 없었다.

"이런 일이 나에게 왜 벌어지는 걸까요?" 그는 혼란스러워하며 말했다.

"교수님, 혹시 그 소문이 사실인가요?" 한지영이 조심스럽게 물었다.

"모르겠어요. 저는 독일에서 입양되었고, 제 부모님에 대해 아는 것이 거의 없어요."

클라우스는 자신의 출생에 대해 점점 더 많은 의문을 품게 되었다. 인터넷에 떠도는 소문과 그의 외모가 김정민 의원과 닮았다는 이야기는 그의 마음을 어지럽혔다.

41. HLA 일치

찬미는 병원에서 혈액검사를 받고 결과를 기다렸다. 그녀는 긴장된 마음으로 결과지를 받아들었다. 클라우스와 HLA가 완전히 일치한다는 소식에 이어, 혈액형도 일치한다는 사실을 알게 되자 그녀의 손은 떨렸다. 찬미는 한참 동안 결과지를 바라보았다. 자신이 버린 아들이 바로 눈앞에 있다는 사실이 너무나도 현실감 없게 느껴졌다.

그녀는 고민에 빠졌다. 자신이 친엄마라는 사실을 드러내는 것이 쉬운 일이 아니었다. 오랜 시간 동안 그녀는 클라우스를 생각하며 가슴 아파했지만, 그 앞에 나서는 것이 두려웠다. 클라우스가 자신을 어떻게 받아들일지, 또 클라우스가 자신의 존재를 원할지조차 알 수 없었다. 더욱이 클라우스의 친부, 찬미의 옛 연인인 그는 매우 야심 찬 사람이었다. 출세와 성공을 위해서는 수단과 방법을 가리지 않는 그였다.

그는 클라우스와의 관계가 드러나면 무슨 일이 있어도 이를 부인할 사람이었다. 자신의 이미지를 위해, 자신의 경력을 위해 클라우스와의 관계를 철저히 숨기려고 할 것이 분명했다. 찬미는 그런 상황에서 클라우스가 받을 상처를 생각하니 가슴이 미어졌다.

온종일 찬미는 고민했다. 밤이 깊어가도 잠은 오지 않았고, 그녀의 마음은 계속해서 갈등했다.

'내가 나서야 하는 걸까? 아니면 그냥 숨기고 있어야 하는 걸까?' 그녀는 자신에게 끊임없이 물었다. 클라우스가 위험에 처해 있는 지금, 그녀의 침묵이 옳은 것인지 확신할 수 없었다.

그녀는 결국 나정화 코디네이터에게 전화를 걸었다. 나정화는 찬미의 이야기를 듣고 그녀의 마음을 이해했다.

"찬미 씨, 어려운 결정이시겠지만, 클라우스를 생각해 보세요. 지금 가장 중요한 건 그 사람의 생명이에요. 그리고 진실은 언젠가 드러나기 마련입니다."

찬미는 나정화의 말에 힘을 얻었다. 클라우스를 위해 무엇이든 해야 한다는 생각이 점점 강해졌다. 그녀는 다시 한번 용기를 내어, 클라우스와 만나기로 했다. 클라우스가 자신을 어떻게 받아들일지는 알 수 없었지만, 지금 중요한 것은 그의 생명을 구하는 것이었다.

42. 안락사 결정

클라우스는 연구실에서 취리히 동물원장 알렉스 류벨에게 전화를 걸었다. 심각한 표정으로 대화를 나누었다.

"원장님 잘 지내시지요?"

"호랑이 이고르 문제이군요?"

"예, 몹시 어려운 문제입니다."

"결론을 내셨군요."

"안락사로 결정했습니다."

"그러시군요. 동물 보호를 하시는 분이 그런 결정을 하시니 따르겠습니다."

"호랑이의 본능을 단지 키워준 애정으로 이기기는 어렵습니다."

"그렇지요. 이유를 말씀해 주시겠습니까?"

"아쉽지만 한번 사람을 공격한 호랑이는 다시 공격할 수 있습니다. 본능이라는 것은 누가 맘대로 제어하기도 어렵고요."

"큰 결정을 하셨습니다. 다음에 독일에 오시면 뵙도록 하지요."

"예, 마음이 무겁습니다."

무거운 마음으로 전화를 끊는 클라우스는 깊은 한숨을 내쉬었다.

43. 음악회

한지영이 교수 연구실로 찾아왔다. 그녀는 긴장감을 느끼며 클라우스를 향해 다가갔다.

"교수님, 이번 음악회 관련 일입니다." 그녀가 조심스럽게 말을 꺼냈다.

"무슨 일이지요?" 클라우스가 퉁명스럽게 물었다. 그의 표정은 여전히 무거웠다.

"제가 홍보를 해도 될까요? 기획도 하고요…." 한지영은 망설임 없이 말했다. 그녀의 눈에는 열정이 가득했다.

"그렇게 하세요." 클라우스는 별다른 반응 없이 대답했다.

"이번 음악회는 자선기금 마련도 하고 방송국에 홍보도 하려고요. 독일의 어머니도 모시고요." 한지영의 목소리에는 설렘이 묻어났다.

클라우스는 잠시 생각에 잠기며 말했다.

"맞아요. 독일의 어머니…."

한지영은 클라우스의 반응을 보고 안타까움을 느꼈다.

"딱 1회만 연주회를 하시는 것이지요? 공연 표는 어느 정도 가격을 받을까요?"

"마음대로 하세요." 클라우스는 여전히 관심 없이 대답했다.

한지영은 클라우스의 무관심한 태도에 마음이 아팠다. 그녀는 그가 느끼는 고통을 이해하고 싶었다.

"교수님, 기운을 내세요. 부모님 생각을 해서라도 한국에서 처음이자 마지막 공연이잖아요."

클라우스는 고개를 숙이고 있었다. 그의 마음속에는 복잡한 감정들이 뒤섞여 있었다. 어머니의 존재, 최근에 알게 된 질환 모두가 그를 혼란스럽게 만들고 있었다. 하지만 그는 한지영의 말에 귀를 기울였다. 그녀의 진심 어린 위로가 조금이나마 그를 위로했다.

클라우스는 고개를 들어 한지영을 바라보았다.

"고마워요, 한지영 씨. 당신의 말이 많은 위로가 되네요."

한지영은 미소 지으며 대답했다.

"교수님, 이번 음악회는 저도 최선을 다해 도울게요. 제가 홍보를 위해 자료를 봐도 되지요?"

클라우스는 고개를 끄덕이며 한지영의 말에 동의했다. 그는 자신의 감정을 다잡고 다시 한번 힘을 내기로 했다.

한지영은 음악회 준비를 위해 바쁘게 움직였다. 그녀는 공연 홍보를 위해 여러 가지 방법을 동원했다. 포스터를 제작하고, SNS에 광고를 올리고, 방송국에도 연락을 취했다.

44. 클라우스의 병이 알려짐

한지영은 클라우스의 서류철을 정리하고 있었다. 서류를 정리하다가 그녀는 병원에서 온 진단서와 문서를 우연히 보게 되었다. 클라우스가 혈액암에 걸려 있으며, 치료를 받지 않으면 몇 개월 내에 사망할 수 있다는 내용이었다. 또한, 혈연관계에 있는 기증자를 찾아야 한다는 절박한 메시지가 담겨 있었다.

한지영은 문서를 읽는 순간 클라우스가 겪고 있는 심각한 상황을 실감하며 마음이 무거워졌다. 그녀는 클라우스와 상의할까 고민했지만, 그의 성격을 잘 알고 있었다. 자존심이 강하고 타인의 도움을 받기 싫어하는 클라우스가 이 사실을 알게 되면 오히려 치료를 거부할 수도 있었다. 하지만 한지영은 그를 위해 무엇이든 해야 한다는 결심을 굳혔다. 클라우스가 반대해도 그의 생명을 구하기 위해서는 행동해야 한다고 생각했다.

그녀는 신문사에 보도자료를 작성해 보냈다. 자료에는 '독일에 입양 간 천재 교수 현재 암 치료가 필요하니 꼭 친척이나 혈연관계가 있는 사람이 나타나야 한다.'라는 내용이 담겼다. 얼마 지나지 않아 전국의 주요 신문에 클라우스의 이야기가 실리기 시작했다. 「독일에서 입양된 천재 교수, 클라우스, 혈액암 치료 시급」이라는 헤드라인이 사람들의 눈길을 사로잡았다. 클라우스의 이야기는 빠르게 퍼져나갔고, 많은 이들의 관심이 집중되었다. 각종 언론 매체에서 클라우스의 사연을 보도했고, 그의 사진과 이야기가 퍼져나갔다. 사람들은 그의 재능과 현재 처한 어려운 상황에 깊은 관심을 보였다.

클라우스는 처음에 이 소식을 듣고 한지영에게 크게 화를 냈다. "왜 나와 상의도 없이 이런 일을 벌였죠?" 그의 목소리에는 분노와 배신감이 섞여 있었다.

한지영은 담담하게 대답했다.

"교수님, 당신의 생명이 걸린 문제예요. 당신이 원하지 않더라도 지금은 당신을 구하는 것이 우선입니다. 당신의 친인척을 찾아야만 해요."

클라우스는 잠시 말을 잇지 못했다. 그녀의 말이 옳다는 것을 알았지만, 자신의 개인적인 이야기가 이렇게 공개된 것에 대한 불편함을 지울 수 없었다.

45. 티켓팅

찬미는 딸 진영과 함께 저녁 식사를 하며 텔레비전을 보고 있었다. 텔레비전에서는 뉴스가 흘러나오고 있었지만, 찬미의 마음은 다른 곳에 가 있었다. 그녀의 생각은 멀리, 잃어버린 아들 클라우스에게 가 있었다. 그녀는 그를 떠올릴 때마다 가슴이 아팠다.

갑자기 진영이 환한 얼굴로 말했다.

"엄마, 기쁜 소식이야!"

"무슨 일 있어?"

"지난번에 말했던 독일 교수 있잖아요? 이번에 음악회를 한대." 진영의 눈은 반짝였다.

찬미는 떨리는 목소리로 말했다.

"근데 왜?"

"내가 그 음악회 티켓을 미친 듯 클릭해서 2장 샀어요. 그것도 맨 앞자리에." 진영은 자랑스럽게 말했다.

"진짜! 아니다! 서울이잖니, 난 바빠서 못 가." 찬미는 당황하며 거절했다.

"엄마, 집에만 있지 말고 같이 서울 구경도 가고 놀다 오면 되지. 같이 가요." 진영은 엄마를 설득하려 했다.

"생각을 좀 해보자." 찬미는 마음이 복잡했다. 그녀는 아들의 모습을 다시 보는 것이 두려웠다. 하지만 동시에 그를 보고 싶은 마음도 강렬했다. 그녀는 잠시 눈을 감고 깊이 생각했다.

진영은 엄마가 마음을 바꾸기를 기대하며 기뻐했다.

"엄마, 정말 멋진 기회야. 클라우스 교수님의 연주는 정말 대단할 거예요."

찬미는 딸의 말을 들으며 다시 한번 생각해 보았다. 그녀는 아들의 모습을 직접 보고 싶은 마음과 그를 만나는 것이 두려운 마음 사이에서 갈등했다. 결국, 그녀는 깊은 한숨을 쉬며 진영에게 말했다.

"좋아, 같이 가자. 서울 구경도 하고, 음악회도 보자." 찬미는 결심했다. 그녀는 마음속에 떠오르는 감정을 억누르며 딸에게 미소 지었다.

진영은 기뻐하며 엄마를 끌어안았다.

"엄마, 정말 잘 생각했어요! 우리 재미있게 다녀와요."

찬미는 딸의 밝은 표정을 보며 마음이 조금 가벼워지는 것을 느꼈다. 그녀는 아들의 음악회를 통해 그와 다시 만날 수 있을 것이라는 희망을 품고 있었다. 음악회가 열리는 날까지 그녀의 마음은 여러 가지 생각으로 가득 찼다. 그녀는 아들을 볼 준비를 하며 서울로 향할 준비를 시작했다.

음악회 당일, 찬미와 진영은 서울로 향했다. 찬미는 서울의 풍경을 보며 옛 추억을 떠올렸다. 그녀는 진영과 함께 서울 구경을 하며 시간을 보냈다. 하지만 그녀의 마음은 여전히 클라우스에게 있었다. 음악회가 열리는 공연장에 도착하자, 그녀는 떨리는 마음으로 좌석에 앉았다.

기차가 서울에 도착하자 찬미는 떨리는 마음으로 공연장으로 향했다. 공연장은 이미 많은 사람으로 북적이고 있었다. 찬미와 진영은 맨 앞자리에 앉아 클라우스의 연주를 기다렸다. 무대에 오른 클라우스를 본 순간, 찬미는 그의 얼굴에서 어린 시절의 아들을 떠올렸다.

46. 공연 당일

클라우스는 한국대학교 대공연장에서 공연 준비를 하고 있었다. 공연 순서는 베토벤 소나타 '비창'과 '월광 소나타', 가야금 연주, 판소리 '춘향가'와 '심청가'였다. 공연장은 이미 많은 사람으로 가득 찼고, 공연장 로비는 꽃다발로 장식되어 있었다. 레나는 맨 앞자리에 앉아 있었고, 근처 우측 맨 앞자리에 찬미와 딸 진영이 앉아 있었다. 기자들과 방송국 카메라도 모여 있어 그의 공연을 촬영하고 있었다.

사회자가 마이크를 잡고 말했다.

"이번 공연은 입장료는 전액 동물 보호 기금으로 사용됩니다. 모두 박수로 클라우스 교수님을 맞아주시기 바랍니다."

연미복을 입은 클라우스가 무대에 올랐다. 그는 첫 곡으로 베토벤 소나타 '비창'을 연주하기로 했다.

"이번 공연은 돌아가신 아버지를 위한 피아노 연주로 시작하겠습니다." 클라우스는 고개를 숙이며 인사한 후, 피아노 앞에 앉았다. 그의 손가락이 건반을 타고 흐르자, 깊고 감동적인 선율이 공연장을 채웠다. 관중들은 숨죽이며 그의 연주를 들었다. 연주가 끝나자마자 폭발적인 박수가 터져 나왔다.

클라우스는 이어서 베토벤 소나타 '월광'을 연주했다. 이번에는 더욱 부드럽고 몽환적인 선율이 흘러나왔다. 그의 손놀림은 한 치의 오차도 없이 정확하고 아름다웠다. 다시 한번 우렁찬 박수가 쏟아졌다.

피아노 연주가 끝난 후, 클라우스는 관중을 향해 말했다.

"이번 노래는 저를 키워주고 길러주신 어머니께 바치는 노래입니다. 베토벤이 작곡한 노래에 시를 붙인 'Ich liebe dich'를 부르겠습니다." 그는 마이크를 잡고 깊은 감정을 담아 노래를 불렀다. 그의 목소리는 공연장을 가득 채우며 관중들의 마음을 울렸다. 그의 진심 어린 노래에 사람들은 감동하며 박수를 보냈다.

클라우스는 잠시 퇴장 후, 한복으로 갈아입고 다시 무대에 등장했다.

"다음은 제가 한국에서 배운 가야금 연주를 하겠습니다." 그는 파헬벨의 '캐논 변주곡'과 휘모리 산조를 연주했다. 가야금의 선율은 관중들의 마음을 사로잡았다. 사람들은 그의 연주에 큰 박수를 보냈다.

47. 공연 클라이맥스

한국대학교 대공연장. 가야금 연주가 끝난 후, 클라우스는 다시 무대에 올라 판소리를 부르기 시작했다.

"다음은 제가 한국에서 배운 판소리를 연주하도록 하겠습니다. 판소리는 '춘향가' 중 쑥대머리와 '심청가'에서 심 봉사 젖동냥과 눈 뜨는 장면입니다. 어디 계신지 모르지만 아마도 어머니가 하늘에서라도 들으실 것으로 생각해서 부르도록 하겠습니다." 클라우스는 진심을 담아 판소리를 불렀다. 그의 목소리는 공연장을 가득 채우며 관중들의 마음을 울렸다.

찬미는 눈물을 흘리며 그의 노래를 들었다. 그녀의 마음속에는 아들에 대한 그리움과 죄책감이 교차하고 있었다. 그녀는 눈물을 닦으며 아들의 노래에 귀를 기울였다. 진영은 엄마의 손을 꼭 잡으며 함께 그의 노래를 들었다.

마지막으로, 클라우스는 한복을 입고 무대에 올라 판소리를 시작했다. 그는 '춘향가' 중 쑥대머리와 심 봉사 눈뜨는 장면을 불렀다. 그의 목소리는 슬픔과 기쁨이 뒤섞인 깊은 감정을 담아내며, 관객들을 눈물짓게 했다. 특히 맨 앞자리에서 보고 있던 찬미는 눈물을 참지 못했다.

클라우스의 마지막 연주가 끝나자, 한국대학교 공연장은 깊은 감동에 휩싸였다. 특히, 판소리를 부르던 순간 대부분 사람이 눈물을 흘렸다. 맨 앞자리에서 보고 있던 찬미도 눈물을 주체하지 못하고 있었다. 그녀는 클라우스를 한 번이라도 더 보고 싶은 마음에 일어섰다. 그러나 일어서면서 발을 헛디뎌 넘어지고 말았다. 그때 찬미의 목에 두르고 있던 파란 나비 모양 스카프가 목에서 떨어져 다리에 걸렸다.

클라우스는 공연 후 꽃다발을 받던 중 이 모습을 보고 급히 내려갔다.

"괜찮으세요?" 클라우스가 걱정스러운 표정으로 물었다.

"예, 괜찮아요." 찬미가 대답했다.

"다치신 곳은 없고요?"

"예, 괜찮습니다."

옆에 있던 진영은 클라우스를 보고 반가운 마음을 감추지 못했다. "저의 엄마가 팬이에요. 너무 반가워요."

찬미는 클라우스를 보며 말없이 눈물을 흘렸다. 클라우스도 찬미를 보며 망설였다.

"혹시 파란 나비를 아시나요?" 클라우스가 조심스럽게 물었다.

찬미는 말없이 고개를 끄덕였다. 클라우스는 너무 벅차 울음을 터트렸다. 이 모습을 보던 레나는 클라우스를 안으며 말했다.

"이런 클라우스야. 공연 너무 잘했어."

찬미도 눈물을 흘리며 말했다.

"너무 잘 보았어요."

48. 괴한

그때 갑자기 "김정민 의원 대통령"이라고 외치며 한 괴한이 달려왔다. 그는 식칼을 들고 있었고, 클라우스를 찌르려 했다. 레나 쪽으로 칼이 가자 클라우스는 레나를 피하게 하려다 목에 칼을 맞고 말았다. 피가 목덜미에서 튀었다.

괴한은 소리치며 더 찌르려다 경비원에 의해 제압당했다.

"외계인들이 내 목숨을 노리고 있어요." 괴한이 외쳤다. 공연장은 일순간 아수라장이 되었다. 관객들은 비명을 지르며 자리에서 일어섰고, 찬미와 레나는 피투성이가 된 클라우스를 안고 눈물을 흘렸다. 클라우스의 얼굴에는 기쁨인지 슬픔인지 모를 눈물이 흘러내리고 있었다. 그의 눈은 점점 감기며 마지막 숨을 내쉬었다.

"클라우스!" 레나가 외쳤다. 그녀는 아들의 손을 꼭 잡고 눈물을 흘리며 기도했다. 찬미도 그의 옆에서 울며 기도했다.

"이렇게 끝나면 안 돼요. 이렇게…." 찬미는 흐느끼며 말했다. 찬미는 자기 아들을 잃을 수 없다는 생각에 가슴이 미어졌다.

"클라우스, 내가 여기 있어. 제발, 제발 살아줘."

그의 손은 점점 힘을 잃어갔다. 그의 눈에는 기쁨과 슬픔이 뒤섞인 눈물이 흘렀다.

49. 조사

클라우스의 피습은 곧바로 경찰의 조사 대상이 되었다. 괴한의 신원은 밝혀졌지만, 그의 배후가 누구인지는 불명확했다. 김정민 의원이 사주했다는 소문이 돌기 시작했다. 그러나 이를 입증할 만한 증거는 없었다. 일부에서는 김정민 의원의 열렬한 지지자가 단독으로 저지른 범행이라고 주장했다. 경찰은 김정민 의원을 조사했지만, 그는 강력히 부인했다.

"저는 이번 사건과 전혀 관련이 없습니다. 저의 지지자가 이런 일을 저질렀다면 진심으로 유감스럽게 생각합니다." 그는 말했다. 그러나 대중의 의심은 쉽게 가시지 않았다.

50. 회복

클라우스는 혼수상태에 빠져 있었다. 혈액암으로 인해 그의 건강은 이미 심각한 상태였지만, 거기에 더해 불의의 사고로 칼에 의한 상처까지 입은 것이다. 시간이 흐르면서 클라우스의 상태는 점점 더 악화하였고, 병원에서는 그를 살리기 위해 최선을 다하고 있었지만, 상황은 매우 절망적이었다. 클라우스의 이야기와 그의 안타까운 상태는 전국에 빠르게 퍼져나갔다. 많은 사람이 그의 생명을 살리기 위해 할 수 있는 모든 것을 하고 싶어 했다. 뉴스에서는 연일 클라우스의 소식을 전했고, 그의 치료를 돕기 위해 기부와 지원이 이어졌다. 국민의 관심과 염원이 그에게 쏟아졌다.

이때, 김정민 의원이 갑작스러운 기자회견을 열었다. 많은 사람이 그의 발표를 주목했다. 김정민 의원은 차분하면서도 단호한 목소리로 말을 시작했다.

"저는 젊었을 때 실수를 했습니다. 그러나 생명을 구하는 것만큼 소중한 것이 없다고 생각합니다." 그는 잠시 말을 멈추고 깊은숨을 들이쉬었다. 기자들은 놀라움을 금치 못했다. 김정민 의원의 고백은 충격적이었다. 그는 잠시 말을 멈추고, 다시 입을 열었다.

"클라우스가 저의 친자라는 것을 고백합니다. 이제는 그를 위해 무엇이든 할 것입니다. 생명을 구하는 것만큼 소중한 일은 없다고 생각합니다."

김정민 의원의 고백은 큰 파장을 일으켰다. 국민은 그의 용기와 결단에 놀라움을 금치 못했다. 많은 이들이 그의 진심 어린 행동에 지지를 보냈다. 의원의 과거 실수는 이제 그의 용기 있는 행동으로 인해 새로운 의미로 쓰이게 되었다. 사람들은 그의 결단을 높이 평가했고, 클라우스를 살리기 위한 노력이 더욱 가속화되었다.

곧바로 김정민 의원의 조혈모세포를 클라우스에게 이식하는 절차가 시작되었다. 병원에서는 최고 수준의 의료진이 투입되어 이식을 진행했다. 이식 과정은 긴장 속에 진행되었고, 많은 사람이 결과를 지켜보며 기도했다. 며칠 후, 클라우스의 상태가 점차 호전되기 시작했다. 그의 혈액 수치가 안정되었고, 서서히 혼수상태에서 깨어나기 시작했다. 그의 회복은 국민에게 큰 기쁨을 주었다. 모든 이가 한마음으로 클라우스를 응원했고, 그의 회복을 축하했다.

며칠 후, 클라우스의 상태는 서서히 호전되기 시작했다. 그는 서서히 혼수상태에서 깨어나기 시작했다. 의료진과 가족들, 그리고 국민은 기쁨과 안도의 한숨을 내쉬었다. 클라우스는 마침내 완쾌의 길을 걷기 시작했다.

클라우스가 깨어난 날, 병원에는 많은 사람이 모여 있었다. 그의 눈이 처음으로 떠졌을 때, 그의 곁에는 김정민 의원이 있었다. 의원은 아들의 손을 꼭 잡고 있었다.

"클라우스, 이제 괜찮아. 네가 여기 있어 정말 다행이야." 그는 눈물을 흘리며 말했다.

클라우스는 국민적인 인기를 얻으며 병에서 회복되었다. 그의 이야기는 많은 사람에게 희망과 감동을 주었고, 특히 그의 아버지 김정민 의원의 헌신적인 행동은 국민의 마음을 사로잡았다. 김정민 의원은 아들의 생명을 구하기 위해 자신의 약점을 공개했고, 그 진정성은 국민에게 깊은 감동을 주었다.

51. 대선

대통령 선거가 다가오면서, 김정민 의원의 인기는 점점 더 높아졌다. 초반에는 열세였던 그의 지지율은 클라우스의 회복과 함께 급상승했다. 국민은 그를 단순한 정치인이 아니라, 진정으로 국민을 위하는 지도자로 보기 시작했다. 그의 용기와 희생은 많은 사람에게 신뢰를 주었고, 그를 지지하는 목소리는 더욱 커지었다.

선거 당일, 전국의 투표소에는 김정민 의원을 지지하는 사람들이 줄을 이었다. 선거 결과가 발표되었을 때, 그는 압도적인 표차로 대통령에 당선되었다. 그의 당선은 국민에게 큰 희망을 주었고, 클라우스와 함께 새로운 시대를 열어갈 리더로 자리매김하게 되었다.

김정민 대통령은 취임식에서

"저는 국민을 위해 존재합니다. 여러분의 신뢰에 보답할 수 있도록 최선을 다하겠습니다."라고 다짐했다.

52. 에필로그

취리히 동물원에 긴장된 분위기가 감돌았다. 호랑이 이고르의 안락사 의식이 진행될 예정이었다. 동물원 직원들은 저마다 분주하게 움직이며 마지막 준비를 하고 있었다. 이고르의 우리 앞에는 이 상황을 지켜보려는 사람들이 모여 있었다. 그들은 모두 이고르와의 마지막 인사를 나누기 위해 모였다. 이고르는 우리 한가운데에 웅크리고 있었다. 그의 강렬한 눈빛은 한때 동물원에서 가장 존경받던 포식자의 위엄을 그대로 간직하고 있었다. 그러나 세월이 흐르며 이고르의 눈빛은 점차 희미해졌다. 이고르는 주사를 맞고 서서히 눈을 감기 시작했다. 그의 호흡은 점점 느려졌고, 마침내 멈췄다. 이고르는 평온한 얼굴로 마지막 잠이 들었다.

 클라우스는 병에서 회복된 후, 자신의 친엄마 찬미를 독일로 모시고 갔다. 찬미는 한국에서의 많은 일을 뒤로하고 아들과 함께 새로운 삶을 시작하기로 했다. 독일에서 그녀는 한국 음악을 연주하고 가르치며, 현지인들과 한국 문화를 나누는 봉사활동에 헌신했다.

 한편, 클라우스를 길러준 양어머니는 한국에서 고아들을 돌보는 활동을 이어갔다. 그녀는 자신의 사랑과 헌신으로 많은 아이에게 따뜻한 가정을 제공하며 여생을 보냈다. 그녀의 집은 언제나 사랑과 희망이 넘치는 곳이 되었다.

고흐의 숨겨진 연인

라 무스메: La Mousmé

1. 에필로그

서울의 현대미술관에서 빈센트 반 고흐의 유명한 작품, '라 무스메(La Mousmé: 1888년, 캔버스에 오일, 73.3×60.3cm)'와 네덜란드의 크뢸러 뮐러(Kröller-Müller Museum) 미술관이 소장한 고흐의 다른 작품들이 전시될 예정이다. 크뢸러 뮐러 미술관은 반 고흐 박물관에 이어 세계에서 두 번째로 많은 고흐의 작품을 소장하고 있다. 프랑스에서 유학한 큐레이터 지미 장은 이번 전시회를 준비하며 고흐의 작품과 그의 삶에 관해 깊이 연구한 결과를 발표할 것이다. 특히 '라 무스메'의 유래에 관한 다양한 이야기가 존재했는데, 지미는 이 작품의 진정한 의미를 밝히고자 했다.

무스메(娘: むすめ)는 일본어로 딸, 소녀, 또는 처녀를 의미한다. 고흐는 1888년 아를에 살면서 이 초상화를 그렸다. 당시 그는 35세였고, 그의 가장 유명한 작품 중 하나인 '해바라기'도 이 시기에 탄생했다.

'라 무스메'는 고흐가 동생 테오에게 보낸 편지에 언급된 바 있다.

"네가 로티의 「국화 부인」을 읽었다면 무스메가 무엇인지 알 것이다. 내가 방금 한 점을 그렸다. 이 작품은 내가 일주일 내내 그렸다. 내가 몸이 좀 안 좋아서 다른 것들은 아무것도 못 했다. 나는 무스메를 마무리하기 위해 정신력을 보존해야만 했다. '무스메'는 12세에서 14세 사이의 일본 소녀, 여기서는 프로방스 소녀야."

이 편지로 지미는 고흐가 '라 무스메'를 그리기 위해 얼마나 큰 노력을 기울였는지, 그리고 그가 얼마나 이 그림에 애정을 쏟았는지를 느낄 수 있었다. 하지만 이 소녀가 누구인지, 왜 고흐가 그녀를 그렸는지는 여전히 미스터리로 남아 있었다.

그러던 중, 지미 장은 그동안 전해지지 않았던 또 다른 편지를 발견했다. 이 편지에는 지금까지 알려지지 않았던 '라 무스메'를 그린 이유가 담겨 있었다. 이하의 내용엔 큐레이터 지미 장이 고흐 그림의 특별 전시를 위해 그림의 유래 및 고흐의 작품을 보호하고 사랑한 사람들에 관한 이야기를 담았다.

2. 1868년 고흐의 학교 자퇴

　빈센트 빌럼 반 고흐(Vincent Willem Van Gogh, 1853~1890년)는 1853년, 네덜란드의 작은 마을에서 태어났다. 그의 형, 빈센트 빌럼(Vincent Willem, 1852~1852년)은 1852년에 태어난 날 바로 세상을 떠났다. 고흐는 태어나기 전, 이미 죽은 형의 이름을 물려받았다. 어린 시절부터 고흐는 자신의 존재가 죽은 형을 대신하는 것이라 느꼈다.

　고흐의 삶은 불안과 고통의 연속이었다. 가족들의 기대와 묘한 슬픔 속에서 자란 그는 항상 죽음을 가까이 느끼며 살아갔다. 그는 끊임없이 예술에 몰두했지만, 마음속 깊은 곳에서는 자신을 갉아먹는 불안과 싸워야 했다. 그는 자신을 스스로 죽은 형의 대리인으로 여기며, 자신의 존재 가치를 끊임없이 의심했다. 이러한 심리적 압박은 그를 점점 더 어두운 곳으로 몰아갔다.

　1868년 3월, 고흐는 갑자기 학교를 자퇴하고 집으로 돌아왔다. 아무도 그 이유를 정확히 알지 못했지만, 학자들은 이 시기에 고흐가 정신장애나 발작을 겪었을 가능성이 있다고 추측했다. 그의 집안에는 정신병력이 있었고, 고흐도 이러한 유전적인 영향을 받았을 것이다.

　고흐는 이후로도 정신적 고통에 시달렸다. 그는 종종 죽은 형의 무덤을 찾아가 혼자 말을 걸곤 했다.

　"내가 대신 살아야 할 이유는 무엇일까? 왜 나는 이렇게 고통스러운 삶을 살아가야 하는 걸까?" 고흐의 마음속에서는 끊임없이 이러한 질문들이 맴돌았다. 고흐는 종종 자신의 감정을 다스리지 못해 발작을 일으키곤 했다. 친구들과 가족들도 그의 불안정한 상태를 걱정했지만, 아무도 그를 완전히 이해할 수는 없었다.

3. 1869년 고흐의 런던 시절

1869년, 런던의 거리에는 비가 내리고 있었다. 한 손에 우산을 들고 다른 손으로 외투 깃을 세우며 빈센트 반 고흐는 바삐 걸었다.

오늘도 고흐는 구필 화랑(Goupil&Cie)으로 출근하는 길이었다. 구필 화랑은 고흐의 큰아버지인 센트(Oom Cent)가 파리의 화상인 아돌프 구필(Adolphe Goupil)과 동업하여 만든 화랑으로 네덜란드 화가들의 그림을 소개하고 판매할 목적이었다.

고흐는 비록 학교를 중퇴하고 일을 하기 시작했지만, 이미 아버지보다 더 많은 돈을 벌며 성공을 향해 달리고 있었다. 구필 화랑 런던 지점은 사우샘프턴가에 자리 잡고 있었다. 다양한 작품이 전시된 그곳에서 빈센트는 매일같이 그림을 보며 예술에 대한 감각을 키워나갔다. 그의 눈은 언제나 예리하게 그림의 디테일을 쫓았다. 그러나 그의 마음은 언제나 외제니 로이어에게 향했다.

외제니 로이어, 빈센트가 하숙하던 집의 집주인 딸이었다. 그녀의 갈색 머리카락과 맑은 눈동자는 빈센트를 매료시켰다. 하지만 그녀는 이미 약혼한 상태였다. 빈센트는 자신의 마음을 숨기고 그저 친구로서 그녀를 대할 수밖에 없었다.

어느 날, 화랑에서의 일이 끝난 후 빈센트는 외제니와 함께 저녁을 먹기로 했다. 그는 그녀를 사랑하는 마음을 숨길 수 없었다. 그날 밤, 빈센트는 외제니에게 고백했다.

"외제니, 당신을 사랑해요. 당신이 어떤 선택을 하든지 간에, 내 마음은 변하지 않을 거예요."

외제니는 빈센트의 고백에 놀랐지만, 그녀의 마음속에도 빈센트를 향한 감정이 싹트고 있었다. 둘은 결국 비밀스럽게 사랑을 나누게 되었다.

빈센트는 그림 판매를 통해 부를 축적하고 유명해지기를 원했다. 그는 예술의 깊은 의미보다는 그림이 가져다줄 명성과 재산에 더 관심이 있었다. 반면, 외제니는 사랑을 통해 평범하고 일상적인 삶을 원했다. 그녀는 안정적이고 따뜻한 가정을 꾸리기를 바랐다. 두 사람의 꿈과 목표는 점점 더 큰 차이를 보였고, 서로의 다름을 인정하지 못한 채 자주 다투게 되었다.

시간이 지날수록 빈센트는 자신의 목표에 대해 회의를 느끼기 시작했다. 그림을 돈벌이 수단으로 홍보하고 장사처럼 파는 것이 점점 싫어졌다. 예술이 상업적인 욕망에 휘둘리는 것을 보며 그는 혼란스러워졌다. 그러던 중, 그는 새로운 열정을 발견했다. 그것은 종교적 열정으로 가난한 이들을 구원하고자 하는 마음이었다. 빈센트는 내면 깊숙이 자리한 갈망을 따라 외제니와의 관계를 정리하기로 했다.

"외제니, 나는 더는 그림 판매를 통해 부와 명성을 좇지 않을 거야. 이제 나는 가난한 이들을 돕는 일을 하고 싶어. 너와의 생활이 소중하지만, 내 진정한 꿈을 찾기로 했어."

외제니는 그의 결심을 듣고 슬펐지만, 그의 선택을 이해하려고 애썼다.

"빈센트, 나는 너의 결정을 존중할게. 나도 내가 원하는 삶을 찾아갈게. 우리 각자의 길에서 행복하기를 바라."

하지만 외제니는 이미 다른 사람과 약혼한 상태였고, 그들의 관계는 쉽게 이어질 수 없었다.

몇 달 후, 외제니는 임신 사실을 알게 되었다. 그녀는 빈센트에게 이 사실을 숨기기로 했다. 그녀는 아이를 출산한 후, 아무도 모르게 입양을 보내기로 했다. 그렇게 태어난 아이는 런던 구필 상회에 자주 그림을 사러 온 어느 독일인 사업가에게 입양되었다. 빈센트와 외제니의 관계는 끝이 났다. 빈센트는 상심했지만, 그는 예술을 통해 그 고통을 잊으려 했다.

4. 1885년
빈센트의 '감자를 먹는 사람들'

몇 년이 지나고, 빈센트는 화가가 되기 위한 교육을 받으며 그의 길을 걸었다. 그는 자신의 아이가 있다는 사실을 알지 못한 채, 예술에 몰두했다. 그가 남긴 그림들은 그의 내면의 고통과 사랑을 고스란히 담고 있었다. 빈센트의 삶은 고통과 사랑, 그리고 예술로 가득 차 있었다.

빈센트 반 고흐는 자신이 사랑했던 사람들과의 관계에서 오는 고뇌와 갈등을 그리며 많은 시간을 보냈다. 테오와 주고받은 편지들이 그들의 형제애를 증명하는 한편, 세 여동생과의 관계는 빈센트의 삶에 또 다른 깊이를 더했다. 빈센트는 세 여동생 안나, 리스, 빌레민과 편지를 주고받으며, 서로의 삶과 감정을 공유했다.

안나는 보수적인 목사 아버지를 잘 따랐던 첫째 여동생으로, 빈센트와 끊임없이 반목했다. 빈센트는 자신의 예술적 열망과 자유로운 정신을 이해하지 못하는 안나와 자주 충돌했다.

리스는 중간에 있는 여동생으로, 비교적 중립적인 태도를 보였다. 그녀는 빈센트의 예술을 존중했지만, 동시에 가족의 안정도 중요하게 여겼다. 리스와의 편지에서는 빈센트가 예술적 열망과 현실 사이에서 겪는 갈등이 드러났다. 가장 가까웠던 여동생은 막내 빌레민이었다. 빌레민 역시 빈센트처럼 정신질환으로 고통받았고, 사회의 관습과 체제에 반감이 있었다. 빈센트는 빌레민에게 자신이 겪는 정신적 불안과 고통을 솔직하게 털어놓았다. 빌레민에게 보낸 편지에는 그의 불안한 마음과 동시에 가족에게 의지하고 싶어 하는 마음이 여실히 드러난다. 그는 빌레민에게 "언젠가 정말이지 네 초상화를 그려보고 싶구나."라고 편지를 썼다. 이는 빈센트가 빌레민을 얼마나 아끼고 사랑했는지를 보여주는 증거였다.

　빈센트 반 고흐의 편지들은 예술가가 아닌 인간 빈센트의 모습을 생생하게 그려낸다. 그의 정신적 불안과 가족에 대한 애정, 그리고 빌레민과의 깊은 유대는 그를 이해하는 데 중요한 단서가 된다. 빈센트는 비록 예술가로서 많은 고통을 겪었지만, 가족과의 관계를 통해 위로와 지지를 받았다. 그의 편지들은 그가 어떤 사람이었는지를 보여주는 소중한 기록으로 남아 있다.

　1885년 3월의 어느 날, 빈센트 반 고흐는 호르트라는 농부의 집을 지나치다가 안으로 들어갔다. 그때 호르트의 가족들은 석유램프 불빛 아래서 감자를 먹고 있었다. 고흐는 이 소박한 장면에 깊은 인상을 받았다. 그는 이 광경을 그림으로 그리기로 했다. 따뜻한 램프 불빛과 가족의 단란한 모습은 그의 예술적 열망을 자극했다.

　1885년 3월 26일, 고흐의 아버지가 갑작스럽게 뇌졸중으로 사망했다. 장례식에선 삼촌들이 고흐를 마구 쪼아댔다. 그들은 고흐의 불안정한 삶을 비난하며 그의 예술적 선택을 이해하지 못했다. 고흐는 삼촌들의 비난 속에서 괴로워했지만, 다행히 동생 테오의 위로로 한숨을 돌릴 수 있었다. 테오는 항상 형의 곁에서 그를 지지하고 있었다.

　아버지의 죽음 이후, 고흐의 창작열은 크게 쇠퇴했다. 그는 슬픔과 무기력에 빠져들었다. 이를 만회하기 위해, 고흐는 들라크루아의 색채론을 탐독하기 시작했다. 들라크루아의 이론은 고흐에게 새로운 영감을 주었고, 그는 다시 붓을 들게 되었다.

고흐는 미완성이던 '감자 먹는 사람들'을 다시 그리기 시작했다. 이 작품은 고흐의 전기를 정리하는 대작이자, 그가 그토록 원했던 가난하고 소외된 사람들을 그리고 싶다는 열망의 성취였다. 고흐는 이 그림을 통해 자신의 예술적 비전을 구현하고자 했다.

그러던 중, '감자 먹는 사람들'의 모델이 되어준 호르트 가족 중 결혼하지 않은 딸인 시엔이 임신하는 사태가 발생했다. 뇌넨 사람들은 고흐의 괴상한 차림새와 해괴한 기행 때문에 이 일을 그의 소행이라 믿었다. 고흐는 지역 사회의 편견과 오해 속에서 더욱 고립되었다. 이 사태로 인해 뇌넨의 신부는 가톨릭 신자들에게 고흐의 그림 모델을 하지 말라고 경고했다. 고흐는 뇌넨에서 다시는 인물화를 그리기 어려워졌다. 그는 마을 사람들의 경계와 비난 속에서 더욱 외로워졌다.

고흐 가문의 첫째 여동생 안나는 보수적인 아버지의 성향을 그대로 닮아 있었다. 아버지의 죽음 후, 안나는 그 비극의 책임을 빈센트에게 돌리며 그를 집에서 몰아내려 했다.

"네가 아버지를 죽음으로 몰아넣었어. 네가 그토록 자유분방하지 않았다면 아버지는 여전히 우리 곁에 있었을 거야." 안나는 비난하며 말했다. 빈센트는 안나와의 관계에서 오는 고통을 이기기 어려웠다. 결국, 빈센트는 집을 떠나 작업실로 거처를 옮겼고, 테오에게 장문의 편지를 썼다.

"안나는 자기가 내뱉은 말을 주워 담으려고 하지 않는다…. 그래서 집을 나가기로 마음먹은 거다." 빈센트는 고백했다. 그는 한숨을 쉬며 붓을 들어 작업실 벽에 걸린 캔버스를 응시했다. 그 순간, 지난날의 기억들이 그의 마음을 채웠다.

고흐와 테오는 겉보기에는 불화 없이 사이가 좋았지만, 실상은 그렇지 않았다. 고흐는 테오의 집에 얹혀살면서 밤마다 녹초가 되어 돌아오는 테오를 붙잡고 미술 이야기를 떠들어 대곤 했다. 테오는 형의 끊임없는 이야기와 예술적 열정에 심한 정신적 스트레스를 받았다.

5. 1888년 고흐와 라 무스메

1887년 가을, 빈센트 반 고흐는 영국 런던에 사는 안나로부터 한 통의 편지를 받았다. 편지를 열어 읽기 시작한 그는 충격적인 내용을 마주했다. 그는 조심스럽게 봉투를 열고 내용을 확인했다.

"빈센트, 나도 내 삶의 짐을 견디기 어렵다. 런던의 하숙집 주인 딸인 외제니 로이어와 아이가 생겼다는 소식을 전해. 그 아이는 딸이고, 지금 어디에 있는지는 몰라."

빈센트는 편지를 내려놓고 창밖을 바라보았다. 한 번도 본 적 없는 딸의 모습이 그의 머릿속을 맴돌았다. 그녀는 어디에 있을까? 어떻게 지내고 있을까? 그는 문득 마음 깊숙이 자리 잡은 부성애를 느꼈다. 그 딸이 어떤 모습일지 상상해 보며 그의 가슴은 복잡한 감정으로 가득 찼다.

그는 동생 테오에게 다시 편지를 썼다.

"오늘, 나는 딸에 대해 생각했다. 그녀를 만나본 적 없지만, 어딘가에서 잘 지내고 있을 거라 믿고 싶어." 빈센트는 딸을 향한 생각으로 붓을 들고 캔버스 앞에 섰다. 그는 소녀의 얼굴을 떠올리며 조심스럽게 붓을 움직였다. 그의 마음속에 존재하는 그 아이는 환하게 웃고 있었다. 그녀의 밝은 눈동자와 사랑스러운 미소가 캔버스 위에 생동감 있게 그려졌다.

그는 작업에 몰두하며 현실의 고통을 잊었다. 시간이 흘러 그림이 완성되었을 때, 빈센트는 그 소녀가 마치 그의 앞에 서 있는 듯한 착각에 빠졌다. 그녀는 외롭지 않았다. 빈센트의 사랑과 관심이 담긴 그림 속에서 그녀는 평화롭게 살아가고 있었다.

빈센트는 그 그림을 테오에게 보내기로 했다.

"이 그림은 딸을 위해 그린 거야. 비록 우리가 그녀를 알지 못하지만, 그녀가 우리 마음속에 항상 있을 거라는 것을 기억해줘." 테오는 형의 작품을 받고 깊이 감동했다. 형의 마음이 고스란히 담긴 그림은 그의 마음에 깊이 새겨졌다.

1888년, 빈센트는 프랑스 아를에서 살면서 이 초상화를 그렸다. 당시 그는 35세였고, 그의 작품 중 가장 잘 알려진 '해바라기'도 이 시기에 탄생했다. '라 무스메'는 고흐가 동생 테오에게 보낸 편지에 언급된 바 있다.

"네가 로티의 「국화 부인」을 읽었다면 무스메가 무엇인지 알 것이다. 내가 방금 한 점을 그렸다. 이 작품은 내가 일주일 내내 그렸다. 내가 몸이 좀 안 좋아서 다른 것들은 아무것도 못 했다. 나는 무스메를 마무리하기 위해 정신력을 보존해야만 했다. 무스메는 12세에서 14세 사이의 일본 소녀, 여기서는 프로방스 소녀야."

고흐는 아를에서의 생활 속에서도 끊임없이 창작에 몰두했다. 그의 작품들은 그가 느끼는 감정과 생각을 고스란히 담아냈다. '라 무스메'는 일본 소녀를 모델로 한 작품이지만, 빈센트에게는 그의 딸을 떠올리며 그린 그림이었다. 그는 그림 속 소녀에게서 자신의 딸을 보았다. 그녀의 환한 미소와 생기 넘치는 모습은 그의 마음을 따뜻하게 했다.

빈센트는 이 작품을 통해 자신의 마음을 표현하고자 했다. 그는 딸을 만나본 적 없지만, 그녀가 그의 마음속에 항상 존재하고 있음을 알았다. 그의 작품은 그런 그의 사랑과 열망을 담고 있었다. '라 무스메'는 단순한 그림이 아니라, 그의 마음속 깊은 곳에 자리 잡은 딸을 향한 사랑의 표현이었다.

이런 긴장 속에서 1888년 12월 23일, 테오의 편지가 아를의 노란 집에 도착했다. 그 편지에는 돈 100프랑과 함께 테오가 오랜 친구였던 조 봉어르와 결혼하기로 했다는 내용이 담겨 있었다. 테오는 어머니에게 미리 편지를 써 결혼 허락을 구했고, 조의 오빠가 보낸 결혼 축하 전보도 1888년 12월 23일에 도착했다.

편지를 받은 고흐는 깊은 충격을 받았다. 테오의 결혼 소식은 그의 불안정한 정신 상태를 더욱 악화시켰고, 고흐가 정신병 발작을 일으키고 면도칼로 자신의 귀를 잘라버리는 충격적인 사건이 벌어졌다. 고흐는 잘라낸 귀를 가끔 만나던 창녀 라셀에게 건네주었고, 이를 보고 기겁한 라셀이 경찰에 신고했다. 크리스마스를 약혼자와 함께 보내려 했던 테오는 크리스마스 당일 형을 만나러 병원을 찾을 수밖에 없었다. 일부 사람들은 고흐가 테오의 결혼 소식에 충격을 받아 귀를 잘랐다고 추측했다.

고흐는 테오를 매우 아꼈다. 하지만 테오가 결혼할 때, 가족들은 고흐의 정신 상태를 고려해 그 사실을 고흐에게 알리지 않았다. 고흐는 나중에 이 사실을 알고 세 번이나 졸도했다. 하지만 이후로 테오의 아내와 아이를 많이 사랑했으며, 대체로 테오의 가족과는 사이가 좋았다. 고흐는 테오의 가족을 자신의 가족처럼 여기며 그들과 가까이 지냈다.

자신의 가족 중에서 고흐를 이해하고 정신적, 물질적으로 도움을 준 사람은 바로 아래 동생 테오와 작가 지망생인 여동생 빌레민뿐이었다. 다른 형제자매들과는 사이가 좋지 않았다. 고흐는 테오와 빌레민을 제외한 가족들과의 관계에서 많은 갈등과 오해를 겪었다. 테오는 고흐의 작품을 세상에 알리기 위해 헌신적으로 노력했고, 빌레민은 고흐의 예술적 비전을 이해하며 그를 지지했다. 그들의 사랑과 지원이 없었다면 고흐는 더욱 외롭고 힘든 삶을 살았을 것이다.

6. 1890년 고흐의 죽음

1889년 1월 7일, 빈센트 반 고흐는 아를 시립병원에서 퇴원했다. 그의 예술성을 긍정적으로 본 의사 레이는 고흐의 그림을 그리고 싶다는 열망을 존중했다. 그러나 퇴원 후 고흐는 물감이나 석유를 먹으려 하는 발작 증세를 보였다. 아를 시민들은 고흐를 강제로 입원시키라는 민원을 넣었고, 결국 그는 2월에 다시 병원에 입원했다.

고흐는 자신을 친근하게 대하던 아를 사람들이 강제 입원을 청원한 것에 큰 불만을 품었다. 또한, 아를 시립병원에 대한 불만도 컸다. 그는 동생 테오에게 다른 정신병원으로 옮겨달라고 요청했다. 테오는 형이 그림을 그릴 수 있는 환경을 찾아 생레미의 생폴 요양원을 추천받았다.

1889년 5월 8일, 고흐는 아를을 떠나 생레미로 향했다. 생레미에서의 생활은 처음에는 평온했다. 고흐는 그림을 그리며 자신의 내면을 표현하는 데 몰두했다. 그러나 그의 우울증은 점차 심해졌다. 의사 가셰 박사는 고흐의 상태를 세심하게 돌보았지만, 고흐의 내면의 고통을 완전히 이해하기는 어려웠다.

1890년 7월 27일, 고흐는 결국 쇠약해진 몸과 마음을 이겨내지 못하고 자살을 시도했다. 프랑스제 7mm 리볼버로 가슴을 쏘았지만, 총알은 심장을 아슬아슬하게 빗나갔다. 그는 피투성이가 된 채 1.6km 떨어진 여관으로 걸어갔다. 여관 사람들은 두 명의 의사를 불러 총알을 제거하려 했으나, 상처는 깊고 치명적이었다.

다음 날 아침, 테오가 형을 찾아왔다. 고흐는 여전히 의식이 있었고, 방에서 담배를 피우고 있었다. 그러나 총알로 인한 감염은 점차 고통스러워졌다. 이틀 후인 1890년 7월 29일, 빈센트 반 고흐는 결국 숨을 거두었다.

　고흐의 죽음은 테오에게 큰 충격이었다. 테오는 형의 죽음 후 깊은 슬픔과 우울증에 시달렸다. 그는 형의 작품을 보존하고 알리는 데 힘썼지만, 정신병의 그림자에서 벗어나지 못했다. 결국, 테오도 형이 죽은 지 6개월 후인 1891년 2월 25일, 서른네 살의 나이로 세상을 떠났다. 그의 죽음은 직접적인 자살은 아니었지만, 형의 죽음에 대한 충격과 슬픔으로 인한 것이었다.

7. 헬레네의 어린 시절

　헬레네 크뢸러-뮐러(Helene Kröller-Müller, 1869~1939년)는 독일의 루르 공업지대 중심 도시 에센 근처 호르스트에서 철강 산업가의 딸로 태어났다. 그녀는 부유한 사업가 가문에서 자라며 안락하고 풍요로운 어린 시절을 보냈다. 헬레네의 아버지는 석탄과 철강 산업에서 큰 성공을 거둔 기업가였다. 헬레네의 아버지는 무역 회사를 통해 네덜란드에서도 사업 관계를 맺었다. 그녀는 뒤셀도르프와 브뤼셀에서 학교에 다녔다. 1888년에 그녀는 회사 로테르담 사무소장의 아들이자 아버지의 파트너인 선박 회사의 사주 안톤 크뢸러(Anton Kröller, 1862~1941년)와 결혼하여 헤이그로 이사했다. 안톤은 네덜란드의 부유한 상인이었으며, 두 사람은 많은 공통 관심사를 공유했다. 결혼 후, 헬레네는 네덜란드의 전통에 따라 이름을 헬레네 크뢸러-뮐러로 바꾸게 되었다.

헬레네는 네덜란드에서 가장 부유한 여성 중 한 명으로, 남편 안톤 크뢸러와 네 명의 자녀를 두고 있었다. 겉으로 보기에는 행복하고 완벽한 삶을 살고 있었지만, 그녀의 마음속 깊은 곳에는 언제나 공허함과 갈망이 자리를 잡고 있었다.

행크 브레머라는 미술사학자와의 만남은 헬레네의 삶에 큰 변화를 가져왔다. 그는 헬레네에게 미술의 중요성과 그 가치를 일깨워 주었고, 헬레네는 점점 더 많은 예술 작품을 수집하게 되었다. 그녀는 특히 빈센트 반 고흐의 작품에 매료되었는데, 고흐의 그림에서 느껴지는 강렬한 감정과 색채에 깊은 인상을 받았다.

8. 헬레네와 고흐

어느 날, 헬레네는 고흐의 '해바라기'를 마주하게 되었다. 그 순간, 그녀는 강렬한 흡입력을 느꼈다. 마치 그림 속 해바라기가 손짓하며 자신을 불러일으키는 듯한 강렬한 감정이 밀려왔다. 헬레네는 고흐의 그림 앞에서 숨을 멈췄다. '해바라기'의 강렬한 색채와 에너지는 그녀를 마치 다른 세계로 이끌었다. 그녀는 고흐의 작품에서 깊은 영혼의 울림을 느꼈고, 그것이 단순한 감동을 넘어서는 무언가라고 생각했다. 그 순간, 그녀는 고흐가 자신에게 강렬한 메시지를 보내고 있다고 확신했다.

"빈센트가 나를 부르고 있어." 헬레네는 자신에게 속삭였다.

헬레네는 물감의 색 하나하나가 그녀의 영혼을 빨아들이는 듯한 느낌을 받았다. 그 순간, 고흐와 영적으로 연결된 듯한 강렬한 교감을 느꼈다. 그림이 살아 숨 쉬며 그녀를 감싸는 느낌에 충격을 받은 헬레네는 한동안 숨을 쉴 수 없었다.

'이건 단순한 그림이 아니야.' 헬레네는 속으로 생각했다.

'고흐의 영혼이 여기에 살아 있어.'

그녀는 그림 앞에서 한참을 서서 감상에 잠겼다. 고흐의 감정과 영혼이 그녀에게 직접 전달되는 듯한 강렬한 체험은 그녀의 마음을 깊이 흔들었다. 이 경험을 통해 헬레네는 예술의 진정한 힘을 깨달았다. 예술은 단순히 보는 것이 아니라, 느끼고 교감하는 것이었다.

9. 헬레네와 '라 무스메'

헬레네는 고흐의 '해바라기'를 통해 예술의 영혼과 마주한 그 순간을 영원히 잊지 못할 것이었다. 그날 이후, 그녀는 더욱 깊이 있는 예술의 세계로 빠져들었고, 고흐와의 영적인 연결은 그녀에게 평생의 영감을 주었다.

그녀는 고흐가 자신의 아버지이거나, 연인이라고 느꼈다. 그의 그림을 통해 그와 영혼이 연결된 듯한 강한 느낌을 받았다. 그녀는 고흐의 붓질 하나하나에 숨겨진 비밀 신호를 해석하려 했다. 그의 작품은 그녀에게만 보내는 사랑의 메시지라고 믿었다.

헬레네의 이 믿음은 점점 더 강해져 갔다. 그녀는 고흐의 삶을 조사하면서 그가 겪었던 고통과 외로움을 자신의 것으로 느꼈다. 마치 고흐가 자신을 통해 다시 살아나기를 바라는 듯한 생각이 들었다. 그녀는 고흐의 그림을 수집하는 것이 그의 삶을 구원하고, 동시에 자신의 존재 가치를 증명하는 길이라고 믿었다.

"고흐는 나를 사랑해. 그의 모든 그림은 나를 위해 그린 거야." 헬레네는 종종 중얼거렸다.

헬레네는 고흐의 작품을 수집하면서 그의 생애와 작품에 담긴 이야기에 큰 관심을 가졌다. 어느 날, 고흐의 편지를 수집하다가 고흐가 자신이 예전에 사생아로 낳은 딸이 있었고, 그 딸이 살아 있었다면 보냈을 행복한 삶을 상상하며 그린 그림들이 있다는 사실을 알게 되었다. 이 사실은 헬레네에게 큰 충격을 주었고, 그녀는 자신이 고흐의 딸일지도 모른다는 생각을 하게 되었다. 이 생각은 헬레네의 고흐 작품 수집 열정을 더욱 불타오르게 했다.

헬레네는 자신의 아버지가 고흐일지도 모른다는 생각에 사로잡혔다. 그녀는 점점 더 많은 고흐의 작품을 수집하면서 그와의 연결고리를 찾고자 했다. 그러던 어느 날, 헬레네는 '라 무스메'라는 그림을 발견했다. 그림 속의 소녀는 그녀에게 묘한 익숙함을 불러일으켰다. 그녀는 이 소녀가 자신일지도 모른다는 생각에 사로잡혀 고흐의 과거를 수소문하기 시작했다. 헬레네는 어린 시절의 기억을 더듬으며, 아버지가 영국을 다녀온 적이 있다는 사실을 알게 되었다. 또한, 고흐의 누나로부터 받은 편지를 수집하여 자신의 출생일과 비슷한 시기에 고흐가 그 편지를 썼다는 것을 확인했다. 그녀는 이 편지를 다른 사람에게 공개하지 않았지만, 그 안에 담긴 내용을 통해 자신이 고흐의 딸일지도 모른다는 믿음을 키워갔다.

헬레네는 '라 무스메'를 바라보며 깊은 생각에 잠겼다. 그녀는 그림 속 소녀의 얼굴에서 자신의 어린 시절을 떠올렸다.

'아버지, 당신은 어떤 사람이었나요? 나는 당신을 이해하고 싶어요.' 그녀는 속으로 말했다. 헬레네는 고흐의 작품을 통해 아버지의 마음을 이해하려 했고, 그의 고통과 기쁨을 함께 느끼고자 했다.

헬레네는 1907년부터 본격적으로 고흐의 작품을 수집하기 시작했다. 1909년에 그녀는 반 고흐의 세 작품인 '해바라기', '씨뿌리는 사람들', '병과 레몬이 있는 정물'을 사들였다. 그녀는 고흐의 유화와 드로잉을 모았고, 그 수는 무려 91점의 유화와 180점의 드로잉에 달했다. 그녀는 고흐의 작품을 수집하면서 마치 아버지의 흔적을 찾는 것처럼 느꼈다. 그녀는 고흐의 작품 하나하나에 담긴 감정과 이야기를 통해 자신의 뿌리를 찾아가고 있었다. 그녀는 고흐의 작품을 수집하면서 마치 아버지의 흔적을 찾는 것처럼 느꼈다. 그녀는 고흐의 작품 하나하나에 담긴 감정과 이야기를 통해 자신의 뿌리를 찾아가고 있었다. 헬레네는 마치 아버지와 대화를 나누는 듯한 기분을 느꼈다. 헬레네는 고흐 외에도 피카소, 조르주 브라크, 몬드리안, 조르주 쇠라, 고갱 등의 유명 화가들의 작품과 로댕, 브루델 등의 조각작품들도 수집했다. 그녀의 컬렉션은 점점 더 방대해졌고, 이는 그녀가 예술계에서 중요한 인물로 자리매김하게 했다.

헬레네는 고흐의 작품에 대해 깊은 열망이 있었다. 그녀는 그의 그림에서 느껴지는 강렬한 감정과 색채에 매료되었고, 고흐의 생애와 그의 작품에 담긴 이야기에 큰 관심을 가졌다. 어느 날, 그녀는 고흐의 남은 가족들과 연락을 시도하여 그의 남은 그림들을 모두 수집하고 싶다고 제안했다. 그러나 가족들은 그녀의 제안을 단호히 거절했다.

헬레네는 실망했지만, 포기하지 않았다. 그녀는 고흐의 작품을 계속해서 수집하기로 했다. 남아 있는 다른 사람들이 소장하고 있는 고흐의 그림들을 최대한 많이 사기 위해 전 세계를 돌아다녔다. 그녀는 경매에 참석하고, 개인 소장자들을 만나 설득하며 고흐의 작품을 모았다.

헬레네는 고흐의 작품을 수집하면서 점차 고흐가 자신의 아버지나 연인이었을지도 모른다는 망상을 가지게 되었다. 그녀는 고흐와의 특별한 연결고리를 느끼며, 그가 자신을 사랑한다고 굳게 믿었다. 그녀의 이러한 믿음은 시간이 지나면서 더욱 강해졌고, 결국 고흐와의 관계에 대한 망상으로 발전하게 되었다. 즉 에로토마니아(Erotomania)는 다른 사람이 자신을 사랑한다고 믿는 망상의 한 종류이다. 1921년, 프랑스의 정신병학자인 가에탕 가시앙 드 클레랑보(Gaëtan Gatian de Clérambault)는 이 망상 증후군에 대해 처음으로 발표하였다. 드 클레랑보 증후군으로도 알려진 이

병명은 조현병, 망상장애, 조증 환자에게서 주로 나타났다. 그러나 헬레네가 살아가던 시기에는 이러한 병명이 알려지지 않았기 때문에, 그녀의 이상한 행동과 생각은 이해받지 못했다.

헬레네는 점점 고흐의 그림에 집착하게 되었다. 특히 노란색과 고흐의 색감에 더 빠져들었다. 그녀는 고흐의 작품에서 느껴지는 강렬한 감정을 통해 자신의 존재 이유를 찾고자 했다. 고흐의 그림 속에서 그녀는 자신의 아버지나 연인을 보았고, 그 감정은 그녀를 더욱 혼란스럽게 만들었다. 헬레네는 고흐의 작품에 집착하며 그의 인생을 구원하려는 강렬한 욕망을 품고 있었다. 그녀는 고흐를 도울 수 없다는 자책감에 시달리며, 동시에 자신을 그의 딸로 여겼다. 고흐의 그림을 수집하는 것은 그녀에게 단순한 취미를 넘어선, 아버지의 삶을 회복시키고 자신의 자존감을 올리는 편집증적 행동이었다.

그림을 수집하면서 헬레네는 잠시나마 자존감을 회복할 수 있었다.

"이 그림들을 통해 아버지를 구할 수 있어." 그녀는 자신에게 말했다.

'그리고 나도 그를 통해 구원받을 수 있어.' 그러나 이러한 생각은 결국 그녀를 더욱 깊은 우울과 고립으로 이끌었다.

10. 헬레네와 샘과의 사랑

헬레네는 안정적인 결혼 생활을 이어갔지만, 헬레네의 마음은 여전히 무언가를 갈망하고 있었다. 헬레네의 이러한 열정은 단순한 예술적 열망을 넘어선 것이었다.

1906년, 헬레네의 딸과 그녀의 반 친구들은 하키 클럽을 만들었다. 그 팀의 일원 중 하나가 바로 샘 반 데벤터(Salomon(Sam) van Deventer, 1888~1972년)였다. 남편 안톤 크뢸러는 샘을 Müller&Co에서 일하도록 초대했다. 그 결과, 샘은 안톤에게 편지를 썼지만, 그가 부재중이었기 때문에 헬레네가 답장을 보냈다. 샘이 그 일자리를 얻었고, 이로 인해 평생의 우정이 시작되었다. 그녀는 샘과 깊은 관계를 유지했다.

샘은 헬레네 딸의 친구로, 그녀보다 스무 살 어렸다. 샘을 통해 헬레네는 예술적 욕구를 충족시킬 수 있었고, 그의 존재는 그녀의 삶에 큰 활력을 불어넣었다. 그들은 서로에게 긴 편지를 주고받으며, 예술과 삶에 관한 이야기를 나누었다. 샘은 헬레네에게 이상적인 친구이자 예술적 동반자였다.

헬레네의 사후, 그녀와 샘이 주고받은 엄청난 양의 편지가 발견되었다. 이 편지들은 그들의 깊은 관계를 증명하는 중요한 기록이었다. 사람들은 이 편지들을 통해 헬레네와 샘 사이의 사랑을 의심하기도 한다. 편지에는 그들의 예술에 대한 열정과 서로에 대한 애정이 담겨 있었고, 이는 그들의 관계가 단순한 우정

이상의 것이었음을 암시했다. 헬레네와 샘의 관계는 1908년부터 그녀가 사망한 1939년까지 지속되었다. 그들은 서로에게 긴 편지를 썼고, 멀리 떨어져 있을 때는 하루에 여러 번 썼다. 같은 도시에 있을 때는 함께 걷는 데 많은 시간을 보냈다.

샘과 헬레네 사이에는 30년에 걸친 활발한 서신이 이어졌다. 그들은 1주일에 여러 번씩 서로에게 편지를 썼다. 샘은 미술품 수집 분야를 포함하여 헬레네의 개인 고문이 되었다. 헬레네는 샘을 이상적인 양육 아들로 여겼다. 그들의 서신은 단순한 편지가 아니었다. 그것은 두 사람의 깊은 감정과 예술에 대한 열정을 담고 있었다. 그들의 관계는 플라토닉한 사랑을 넘어선, 영혼의 교감이었다.

헬레네는 샘에게 보낸 편지에서 자신의 감정을 숨기지 않았다.
"오 샘, 그 불꽃은 마치 얻을 수 없는 빛을 향해 뻗어 나온 팔 같았고, 반 고흐의 '해바라기'처럼, 아래에 있는 불타는 공처럼 자신의 심장을 태우고 있었습니다. 그 공은 마침내 매우 강한 팔에 항복할 때까지 지구를 계속 돌아다닐 것입니다."

헬레네와 샘의 관계는 복잡하고 미묘했다. 그들의 사랑은 깊고 플라토닉했으며, 매력과 갈망이 존재했다는 것은 분명했다. 그들의 관계는 헬레네와 딸의 관계를 망치기도 했지만, 남편 안톤 크뢸러와의 관계는 그렇지 않았다. 남편 안톤은 아내를 신뢰했고, 결국 그들은 이상한 삼인조를 형성했다. 헬레네와 샘은 편지로 독특하고 깊은 사랑을 발전시켰다.

어느 날, 헬레네는 샘과의 편지를 읽으며 생각에 잠겼다.

"샘, 당신과 함께 보낸 시간은 나에게 너무나 소중해요. 우리의 사랑은 세상의 어떤 사랑보다도 깊고 진실해요."

그녀는 샘을 향한 감정을 글로 표현하며 그와의 관계에서 얻은 위안을 다시금 느꼈다. 그들의 사랑은 플라토닉한 경계를 넘어서, 서로의 영혼을 이해하는 깊은 교감으로 이어졌다.

안톤은 아내와 샘의 관계를 알고 있었지만, 그들의 우정을 존중했다. 그는 헬레네의 행복이 자신의 행복임을 알고 있었기 때문에 그 관계를 받아들였다.

"헬레네, 샘과의 관계가 당신에게 의미가 있다면 나는 그걸 존중할 거예요. 당신이 행복하다면 나도 행복합니다."

안톤의 이 말은 헬레네에게 큰 위로가 되었다.

11. 헬레네의 사랑

헬레네와 샘은 서로에게 무한한 영감과 위안을 주는 존재였다. 그들의 사랑은 결코 육체적인 것이 아니었지만, 그들의 영혼은 깊이 연결되어 있었다. 헬레네는 샘과의 관계를 통해 자신의 삶을 더욱 풍요롭게 만들었고, 샘 또한 헬레네의 존재로 인해 자신의 삶에 의미를 찾았다. 샘과의 관계는 헬레네에게 큰 위안을 주었지만, 동시에 그녀의 마음을 혼란스럽게 했다. 그녀는 샘과의 금지된 사랑에 대한 열망을 예술로 승화하려 했고, 고흐의 작품을 통해 자신의 감정을 표현했다.

　헬레네는 매일 고흐의 작품 앞에서 시간을 보냈다. 그의 붓놀림과 색채에서 깊은 슬픔과 분노를 느꼈고, 이는 그녀의 마음속 고통과 맞닿아 있었다.

　'나는 당신을 도울 수 없어.' 그녀는 속으로 되뇌었다.

　'하지만 당신의 작품을 지킬 수는 있어.'

　고흐의 삶을 도울 수 없다는 자책감은 헬레네를 더욱 깊은 우울로 몰아넣었다. 그녀는 자신을 보호하기 위해 고흐의 그림에 더욱 집착했다. 타인으로부터 도움을 받을 수 없다는 생각은 그녀를 피해의식으로 몰아갔고, 이는 그녀의 행동을 편집증적으로 만들었다.

　헬레네의 마음속에서는 슬픔이 분노로, 도움추구가 피해의식으로 전환되었다. 그녀는 고흐의 작품을 통해 자신을 지키려 했지만, 그 과정에서 더욱 깊은 고통에 빠져들었다. 헬레네는 고흐의 예술을 통해 자신의 존재 가치를 찾으려 했지만, 결국 그 집착은 그녀를 더욱 행복하면서 불행하게 했다.

　헬레네의 삶은 고흐의 그림들 속에서 잠시나마 위안을 찾았지만, 그 끝은 여전히 고독하고 쓸쓸했다. 그녀의 편집증적 집착은 그녀의 마음속 깊은 우울과 자책감에서 비롯된 것이었고, 그로 인해 그녀는 영원히 고흐와 연결된 삶을 살아가게 되었다.

12. 1914년 1차 세계 대전

1차 세계 대전 당시의 사건들은 헬레네에게 큰 변화를 가져왔다. 1914년, 그녀는 리에주로 가기로 했다. 그곳에서 그녀는 수녀와 간호사들과 함께 상처를 입은 군인들을 돌보았다. 전쟁의 참상 속에서도 그녀는 강한 의지로 부상자들을 돌보며, 인간애를 실천했다. 이 경험은 헬레네의 인생에 큰 영향을 미쳤다.

한편, 1차 세계 대전은 Müller&Co.에 큰 이익을 가져다주었다. 전쟁 물자 공급으로 인한 수익 증가로, 헬레네는 더 많은 예술 작품을 살 수 있었다. 예술에 대한 그녀의 사랑은 시간이 지날수록 더욱 깊어졌다.

1차 세계 대전 후 샘은 Müller&Co의 부서 중 하나의 이사가 되었다. 이 직책에서 그는 무엇보다도 Hoge Veluwe를 위한 토지 및 예술품 구매를 담당했다. 이러한 개인 구매에 대한 돈은 회사에서 나왔다.

13. 1921년 미술관 건립계획

헬레네는 자신의 예술 컬렉션을 보관하고 전시할 박물관을 짓기로 했다. 1921년, 헬레네는 헨리 반 데 벨데에게 박물관 건축을 의뢰해 기초를 놓았다. 그러나 Müller&Co.의 파산과 재정 위기로 인해 그녀의 미술관 건립계획은 중단되었다.

헬레네 크륄러-밀러는 남편 안톤 크륄러와 함께 많은 재산을 축적하며 풍요로운 삶을 누리고 있었다. 그러나 갑작스러운 사업의 실패로 인해 그들의 삶은 흔들리기 시작했다. 파산의 위기는 현실이 되었고, 빚쟁이들은 끊임없이 그들을 독촉하며 값비싼 예술 작품들을 내놓으라고 요구했다.

헬레네는 절망적인 상황 속에서도 고흐의 작품들만은 반드시 지키겠다고 결심했다. 그녀에게 고흐의 그림은 단순한 소유물이 아니었다. 그것은 그녀의 영혼과 연결된 무언가였고, 결코 다른 이에게 넘길 수 없는 것이었다. 빚쟁이들의 압박은 날로 심해졌고, 헬레네는 끊임없는 협상에 나섰다.

"이 그림들만은 안 됩니다." 헬레네는 단호하게 말했다.

"다른 재산을 팔아서 빚을 갚을 테니, 이 작품들만은 지켜주세요."

그러나 빚쟁이들은 물러서지 않았다. 그들은 그녀의 결정을 이해하지 못했고, 오히려 더 강하게 압박했다. 그녀의 편집증적 집착과 수집욕은 날로 더해졌다. 그림이 다른 사람의 손에 넘어가거나 심지어 선보여지는 것조차도 견딜 수 없었다.

남편 안톤은 그녀의 결정을 존중했지만, 점점 더 염려스러워했다.

"헬레네, 이렇게까지 해야 할까? 우리도 살아야 하지 않겠소?"

그러나 헬레네의 눈빛은 변하지 않았다.

"안톤, 당신도 알잖아요. 이 그림들은 단순한 물건이 아니에요. 고흐의 영혼이 담긴 이 작품들을 지키는 것은 우리의 사명이에요."

그녀는 밤낮을 가리지 않고 빚을 갚기 위해 노력했다. 매일 아침, 그녀는 은행과 채권자들을 만나 설득했고, 밤에는 안톤과 함께 집 안의 물건들을 정리했다. 그리고 고흐의 그림들을 지키기 위한 대책을 고민했다.

빚쟁이들은 그녀의 집에서 물러갔고, 헬레네는 고흐의 작품들 앞에 무릎을 꿇고 눈물을 흘렸다.

"이제, 당신의 작품은 안전해요. 아무도 당신의 자식을 해치지 못할 거예요."

그러나 헬레네는 고개를 저었다.

"안톤, 이 그림들은 우리의 삶이에요. 우리는 이 작품들을 지키기 위해 살아왔고, 이제 그들을 버릴 수 없어요. 이것이 우리의 사명입니다."

안톤은 헬레네의 결의를 느끼고 더는 말을 잇지 못했다. 그는 그녀의 결정을 존중하며, 그녀의 곁에서 묵묵히 그녀를 지켰다.

그 결과, 1928년 안톤과 헬레네는 컬렉션과 유산을 보호하기 위해 크뢸러-뮐러 재단을 설립했다. 헬레네의 노력은 점차 결실을 보기 시작했다. 고흐의 작품들을 지킬 수 있었다. 그녀는 마침내 안도의 한숨을 쉬며 고흐의 그림들 앞에 섰다.

"아무도 당신을 뺏어가지 못할 거예요." 그녀는 조용히 속삭였다.

그녀의 집착은 결국 그녀를 지켜내는 힘이 되었다. 헬레네는 남은 생을 고흐의 작품들과 함께 보냈고, 그 작품들은 그녀의 영혼을 위로했다. 그녀는 그림들을 보며 고흐와의 영적인 연결을 계속 느꼈다.

14. 미술관 건립의 어려움

헬레네는 고흐의 그림에 매료되어 있었지만, 그녀의 집착은 점점 더 심해져 갔다. 예술품 수집은 이제 단순한 취미를 넘어선 열정이었다. 그녀는 샘에게 고흐의 그림을 수집하도록 지시했다. 그러나 문제는 헬레네가 사용한 돈이 그녀의 개인 재산이 아니라, Müller&Co의 회사 자금이었다는 점이었다. 1917년부터 Müller&Co는 더는 가족 기업이 아니었다.

1932년에 이 사실이 밝혀지면서 상황은 급변했다. 주주들은 헬레네가 회사 자금을 사용해 예술 작품을 사들인 사실에 분노했다. 그들은 회사의 자산을 보호하기 위해 그녀에게 그림을 회수하고 새로 설립된 De Hoge Veluwe 국립공원 재단에 매각하라고 명령했다. 헬레네는 자신의 잘못을 인정할 수밖에 없었고, 샘도 이 사건으로 인해 큰 타격을 받았다. 샘은 헬레네의 신뢰를 받았던 인물이었지만, 결국 1937년에 이 사건으로 인해 해고되었다.

그는 헬레네의 지시를 따랐을 뿐이었지만, 대가는 가혹했다. 헬레네의 고흐에 대한 집착은 그녀의 삶을 지배했다. 그녀는 고흐의 그림을 통해 자신의 정체성을 찾고자 했지만, 결국 그 집착은 그녀를 고립시켰다. 고흐의 작품은 그녀에게 강렬한 영혼의 연결을 제공했지만, 동시에 그녀를 현실에서 멀어지게 만들었다.

"빈센트, 당신을 위해서라면 무엇이든 할 수 있어." 헬레네는 마지막까지 고흐의 그림을 지키기 위해 싸웠다. 그 집착은 그녀에게 유일한 위안이었다.

15. 미술관의 건립

헬레네는 고흐의 그림들을 지키기 위해 모든 것을 바쳤지만, 결국 그 그림들은 그녀의 손을 떠나게 되었다. 그녀는 자신의 실수와 그로 인해 벌어진 일들을 받아들이며, 앞으로의 삶을 조용히 정리하기로 했다. 1907년부터 1922년 사이에 남편과 함께 11,500여 점의 작품을 컬렉팅했는데 20세기 최대 규모의 개인 소장품이다. 현대 미술에 대한 열정을 가지고 자신만의 뮤지엄을 갖는 것이 그녀의 꿈이었다.

헬레네의 사위인 폴 브루크만은 그녀가 샘과 혼외 관계를 맺고 있다고 비난했다. 이는 가족 내에서 일시적인 균열을 초래했지만, 헬레네와 샘의 관계는 변함이 없었다.

샘은 헬레네에게 자신의 감정을 고백하며, 그녀와의 관계가 자신의 삶에 얼마나 중요한지를 표현했다. 헬레네는 그의 존재가 그녀에게 얼마나 큰 위안을 주는지 깨달았다. 헬레네는 샘과의 관계를 통해 얻은 사랑과 영감을 바탕으로 박물관을 완성하기로 했다. 그녀는 헨리 반 데 벨데에게 연락해 박물관 건축을 재개하도록 요청했다. 헬레네는 자신의 예술적 열망을 실현하기 위해 모든 노력을 다했다.

　헬레네는 1935년 네덜란드 정부에 모든 작품을 기증했다. 고흐의 작품들은 이제 국가 소유가 되었지만, 헬레네의 마음속에서는 여전히 그녀의 소중한 보물로 남아 있었다.

　헬레네는 고흐의 그림들이 사람들에게 영감을 주고, 그 가치를 인정받기를 바랐다. 헬레네의 집착과 열정은 결국 그녀의 삶을 파괴했지만, 그로 인해 고흐의 작품들은 더욱 많은 사람에게 알려지고 사랑받게 되었다. 헬레네의 미술관은 그녀의 예술적 열망과 감정이 고스란히 담긴 공간이었다. 그녀는 고흐의 작품을 통해 자신의 정체성을 찾고자 했고, 그의 그림에 담긴 감정과 이야기를 통해 자신의 삶을 이해하려 했다. 그러나 그녀의 행동과 생각은 점점 더 집착적으로 변해갔다. 헬레네의 시대에는 이러한 병명이 알려지지 않았지만, 그녀의 행동과 생각은 편집증적인 열망을 나타내고 있었다. 헬레네의 미술관에는 '비탄에 잠긴 노인'이라는 고흐의 그림이 있었는데, 이 작품은 우울증에 관한 내용을 담고 있었다. 헬레네는 이 그림을 보며 자신의 내면의 고통과 갈망을 느꼈다.

1938년 네덜란드 정부의 관리하에 크뢸러-뮐러 박물관이 문을 열었다. 헬레네의 노력과 헌신 덕분에 박물관은 성공적으로 개관할 수 있었다. 그러나 그 직후인 1939년 12월, 헬레네는 병에 걸렸고, 12월 14일 사랑하는 사람들에 둘러싸여 사망했다. 그녀의 죽음은 많은 사람에게 큰 슬픔을 안겼다.

  헬레네의 마지막 여정은 더욱 특별했다. 그녀의 헌신과 열정을 기리기 위해 네덜란드 정부는 특별한 배려를 아끼지 않았다. 헬레네가 세상을 떠난 날, 그녀의 장례식은 크뢸러-뮐러 미술관에서 열렸다. 미술관의 중심에는 그녀의 관이 놓였고, 주위에는 그녀가 평생을 바쳐 수집한 고흐의 그림들이 둘러싸여 있었다. 고흐의 작품들은 강렬한 색채와 감정이 담겨 있었다. 그녀가 사랑했던 고흐의 그림들이 마치 헬레네의 열정을 상징하듯 빛나고 있었다. 그림들은 그녀의 영혼을 담아내는 창이 되어, 헬레네의 삶과 사랑을 그대로 전해주고 있었다.

  참석한 이들은 고흐의 작품들을 바라보며 헬레네의 삶을 되새겼다. 그녀의 집착과 헌신이 이제는 예술의 위대한 유산으로 남아 있었다. 그녀의 열정은 비록 때로는 과도했지만, 그로 인해 고흐의 작품들이 많은 사람에게 영감을 줄 수 있었다. 그날, 크뢸러-뮐러 미술관은 헬레네의 영혼과 고흐의 예술이 하나 되는 신성한 공간이 되었다. 그녀의 장례식은 단순한 이별이 아니라, 예술과 사랑이 영원히 함께하는 상징적인 순간이었다.

  헬레네는 사망했지만, 그녀의 삶은 예술과 사랑, 그리고 헌신의 이야기로 가득 차 있었다. 헬레네와 샘의 사랑은 시간과 공간을 초월한 것이었다. 그들의 편지에는 서로를 향한 깊은 감정과 이해가 담겨 있었고, 그들의 사랑은 세상의 어떤 사랑보다도 강하고 진실했다. 헬레네는 샘을 향한 사랑을 통해 자신의 예술적 열정을 불태웠고, 그들의 사랑은 그녀의 작품 속에 영원히 살아 있었다. 그녀의 헌신 덕분에 고흐의 작품들은 세상에 빛을 발할 수 있었고, 그것은 그녀가 사랑한 예술과의 마지막 교감이자, 그녀의 열정이 영원히 기억될 것임을 알리는 순간이었다. 헬레네의 삶은 고흐의 그림들과 함께 영원히 빛날 것이었다.

16. 에필로그

빈센트 반 고흐의 작품 중 크뢸러-뮐러 미술관 이들 작품은 고흐의 삶과 그가 느꼈던 감정, 그리고 그가 살았던 시대의 분위기를 잘 담고 있다.

빈센트 반 고흐, '밤의 카페 테라스', 1888, 캔버스에 유화, 80.7×65.3cm

빈센트 반 고흐, '사이프러스 나무와 별이 있는 길', 1890, 캔버스에 유화, 90.6×72cm

빈센트 반 고흐, '비탄에 잠긴 노인' 캔버스에 유화, 1890, 82×65cm

다만 빈센트 반 고흐. '라 무스메(La Mousmé), 캔버스에 유화, 73.3×60.3cm'는 크뢸러-뮐러 미술관이 아닌 미국 워싱턴 D.C. 국립미술관(National Gallery of Art)에 있다.

저자 소개

정연덕(鄭然德)

연일(延日) 정(鄭)씨 지주사공파 30세손

학력

마포구 신석초등학교(1986년)

마포구 숭문중학교(1989년)

서울과학고등학교(1992년)

서울대학교 전기전자공학 공학사(1997년)

서울대학교 대학원 법학 석사(2002년)

서울대학교 대학원 법학 박사(2005년)

미국 NYU 로스쿨 LLM과정 수학(2005년)

일본 동경대학교 법대 지적재산권 과정 이수(2007년)

미국 버클리대학교 로스쿨 지적재산권 과정 이수(2011년)

경력

건국대학교 법학전문대학원 교수(2006~현재 교수)

건국대학교 법학전문대학원 학생 부원장(2012~2015년)

건국대학교 법학전문대학원 교무 부원장(2015~2019년)

건국대학교 법학연구소 기술과 법 센터장(2013~2022년)

건국대학교 연구진실성위원회 부위원장(2020~현재)

건국대학교 입시공정위원 (2021~현재)

대법원 재판연구관(2006~2009년, 2011~2012년)

공정거래위원회 지식재산권 정책자문단 위원(2011~2018년)

산업기술진흥원 기술기부채납 관리위원(2011~2014년)

산업자원부 산업기술보호 실무위원회 위원(2012~2014년)

한국조혈모세포 은행 기증자 보호위원회 위원(2012~현재)

한국정보통신기술협회 표준화 IPR 위원회의장(2013~2018년)

한국저작권법학회 총무이사(2021~2023년)

저작권 위원회 저작권 교육단 강사(2015~2022년)

보건복지부 제대혈 위원회 위원(2015~2019년)

한국데이터산업진흥원 품질인증자문단(2023~현재)

사법시험, 변호사, 변리사, LEET 시험 출제 채점 위원

법원, 검찰, 행정안전부, 외무부, 서울시 채용 면접위원

저서

『유튜브와 법』, 세창출판사, 2024. 08.

『탄소중립과 에너지법』, 건국대학교출판부 쿠북, 2024. 02.

『지식재산권의 이해』, 건국대학교출판부 쿠북, 2024. 01.

『저작권의 이해, 3판』, 세창출판사, 2023. 09.

『지식재산권법』, 한국방송통신대학교출판문화원, 2023. 03.

『저작권의 이해, 2판』, 세창출판사, 2019. 12.

『저작권의 이해』, 세창출판사, 2018. 08.

『특허의 이해』, 세창출판사, 2018. 08.

논문

「디자인 창작 비용이성 연구」, 법학연구, 2023. 05.

「중국에서의 저작권 공정이용」, 중국법연구, 2023. 03.

「머신러닝에서 저작권 침해 검토」, 계간 저작권, 2021. 09.

「중국 지식재산권 관련 민법개정의 소개와 시사점」, 건국대 일감법학, 2021. 08.

「인공지능 창작물의 저작권법 및 다른 법률 보호 가능성」, 법학논총, 2021. 08.

「인공지능 생성물의 저작자 판단」, 건국대 일감법학, 2021. 02.

「표준특허의 실시료에 관한 연구」, 홍익법학, 2017. 06.

「Calculation of Damages in Patent Litigation in Korea, Japan and U.S.A., 5th Asia Pacific IP Forum Challenges and Opportunities for IP Protection Venue」, Kanazawa University Satellite Plaza, Japan, 2017. Mar 7.

「특허 강제실시제도에 관한 연구」, 경북대 IT와 법 연구, 2016. 06.

「IP 금융에 있어 특허가치평가의 방향에 대한 고찰」, 단국대 법학논총, 2016. 06.

「역지불합의에 관한 특허권 남용의 적용」, 경북대 IT와 법 연구, 2015. 08.

「3D 프린터의 저작권 보호에 관한 고찰」, 전남대 법학논총, 2015. 08.

「IDB. Standard Patent(영어 교재 공저)」, TTA, 2014. 11.

「소프트웨어(SW) 침해 시 손해배상의 남용 가능성과 공정한 산정기준」, 과학기술과 법, 2013. 03.

「주요국의 특허 무효율 비교에 관한 연구」, 창작과 권리, 2013. 03.

「직무발명 보상기준에 관한 연구」, 창작과 권리, 2012. 06.

「클라우드서비스와 개인정보보호의 문제점」, 정보법학, 2011. 12.

「악성프로그램의 정의와 해석에 관한 법적 문제」, 동아법학, 2011. 11.

「대기업과 중소기업의 영업비밀 탈취방지 방안」, 경영법률, 2011. 10.

「표준화기구의 특허정책 관련 문제」, 창작과 권리, 2011. 09.

「저작권관리번호의 법제화 방안에 관한 연구」, 산업재산권, 2011. 04.

「이스포츠(E-sport)에서 플레이어의 법적 지위」, 원광법학, 2011. 03.

「アジア企業の最新の標準化と知的財産戦略の動向」, Tokyo University, 2011. 02. 21.

「제대혈 관리 및 연구에 관한 법제와 개선방안」, 중앙법학, 2010. 12.

「IP Strategy, and IP Business」, Berkeley Center for Law&Technology, August 9, 2010.

「기술이전활성화를 위한 특허신탁사업 활성화 방안」, 지식재산연구, 2010. 06.

「R&D 활성화를 위한 국가과학기술종합정보서비스 활용 방안」, IT와 법연구, 2010. 02.

「구글의 스트리트뷰 서비스와 개인정보보호」, 정보법학, 2009. 12.

「의약품 특허 강제실시의 법적 문제」, 외법논집, 2009. 11.

「대학교수의 아이디어 보호와 창의자본의 관계」, 경영법률, 2009. 10.

「퍼블리시티권에 관한 연구」, 산업재산권, 2009. 08.

「일본의 지식재산창조전략」, LAW & TECHNOLOGY, 2008. 12.

「미국에서의 invention capital 발전 동향」, LAW&TECHNOLOGY, 2008. 10.

「가상현실에서의 플랫폼과 이용자에 대한 현실법의 적용」, 정보법학, 2008. 07.

「세컨드라이프에서 관련 소송동향」, LAW & TECHNOLOGY, 2008. 03.

「기술발전에 따른 전자책(e-book) 보급 활성화와 저작권 보호방안 – 전자책도서관을 중심으로」, 상사법연구, 2007. 11.

「직무발명 관련 과학기술연구자의 권리 보호」, 노동법연구, 2007. 07.

「한국형 Patent Pool과 공정한 경쟁」, LAW&TECHNOLOGY, 2007. 07.

「ICT Standards issues in Korea」, 성균관대학교 글로컬 과학기술법 국제학술세미나, 2007. 05.

「특허권의 남용과 이에 대한 방안」, 한국산업재산권법학회, 2007. 04.

「저작권 침해와 온라인 서비스 제공자의 기술적 조치: 저작권법 개정안을 중심으로」, 일감법학, 2007. 02.

「일본의 저작권법 개정 동향」, LAW&TECHNOLOGY, 2007. 01.

「eBay vs MercExchange 사건」, 창작과 권리, 2006. 11.

「특허풀(patent pool)과 독점규제법」, LAW&TECHNOLOGY, 2006. 11.

「著作権侵害に対するOSPの責任と技術的保護措置」, 한일지적재산권법 국제심포지움, 2006. 09.

「프랑스 저작권법개정 동향」, LAW&TECHNOLOGY, 2006. 07.

「디지털 기술의 발전과 이동통신사 음악서비스 DRM의 문제」, 창작과 권리, 2006. 06.

「미국의 특허법개정 논의」, LAW&TECHNOLOGY, 2006. 03.

미술 개인전 및 단체전 경력

〈개인전〉

2021. 06. 25.~06. 27. 1회 개인전, '춤, 선, 선율', 갤러리 아르체

2021. 12. 08.~12. 09. 2회 개인전, '빛 어둠 그리고 도약', 그랜드인터컨티넨탈 파르나스 호텔

2022. 04. 28.~05. 22. 3회 개인전, 'ㅅ ㅜ ㅁ', 서호 미술관

2022. 08. 18.~08. 24. 4회 개인전, '서울 숨', 광진문화재단 나루아트센터 갤러리

2022. 12. 1.~12. 31. 5회 초대 개인전, '쉼', 누하스 성수 아뜰리에

2023. 03. 20.~03. 28. 6회 개인전, 'Kunstfreiheit', 마포 평생학습관 마포갤러리

2023. 04. 14.~04. 23. 7회 개인전, '빼어날 수', 북촌 코너갤러리

2023. 10. 21.~10. 28. 8회 개인전, '신상존', 광화문 172G갤러리

〈단체전〉

2022. 06. 03.~06. 09. '선명한 하루', 성수동 에스팩토리

2022. 07. 20.~07. 25. '아트페인팅스튜디오', 인사동 갤러리 라메르

2022. 10. 20.~10. 23. '상상은 자유, 표현은 판화로,' 성수동 서울숲 언더스탠드 애비뉴

2022. 10. 25.~12. 04. '2022 예술일지', 합정동 서울문화센터 서교

2022. 11. 25.~11. 30. '세잔되기 전', 인사동 아트스페이스 이색

2022. 12. 03.~12. 17. '2022 그 따뜻함에 대하여', BGIN 4인전 한남동 스투엘

2023. 03. 23.~03. 30. 채색공필화 '미담채전', 서울시립대 100주년 기념관

2023. 07. 05.~07. 10. 물감아트크루 전시회, 서초동 비욘드 갤러리

2023. 07. 13.~07. 20. 한·우즈베키스탄 국제교류전, 우즈베키스탄 국립미술관

2023. 08. 23.~08. 29. 제2회 대한민국서울서화대전 전시회, 인사동 한국미술관

2023. 09. 12.~09. 19. 캘리그라피 전시회, 서울시립대 100주년 기념관

2024. 07. 07.~07. 28. 미믹(MIMIC), 서초 E&L 갤러리

2024. 08. 21.~08. 27. 제3회 대한민국서울서화대전 전시회, 인사동 한국미술관

2024. 08. 27.~08. 31. AI Art 전시회, 성북구 VVS 뮤지엄

〈수상 경력〉

2023. 08. 제2회 대한민국 서울서화대전 삼체상

2024. 08. 제3회 대한민국 서울서화대전 삼체상

화양연화
1434

초판 1쇄 발행   2024. 9. 13.

지은이   정연덕
펴낸이   김병호
펴낸곳   주식회사 바른북스

편집진행   김재영
디자인   한채린

등록   2019년 4월 3일 제2019-000040호
주소   서울시 성동구 연무장5길 9-16, 301호 (성수동2가, 블루스톤타워)
대표전화   070-7857-9719 | **경영지원**   02-3409-9719 | **팩스**   070-7610-9820

•바른북스는 여러분의 다양한 아이디어와 원고 투고를 설레는 마음으로 기다리고 있습니다.

이메일   barunbooks21@naver.com | **원고투고**   barunbooks21@naver.com
홈페이지   www.barunbooks.com | **공식 블로그**   blog.naver.com/barunbooks7
공식 포스트   post.naver.com/barunbooks7 | **페이스북**   facebook.com/barunbooks7

ⓒ 정연덕, 2024
ISBN 979-11-7263-138-3 03810

•파본이나 잘못된 책은 구입하신 곳에서 교환해드립니다.
•이 책은 저작권법에 따라 보호를 받는 저작물이므로 무단전재 및 복제를 금지하며,
이 책 내용의 전부 및 일부를 이용하려면 반드시 저작권자와 도서출판 바른북스의 서면동의를 받아야 합니다.